培根随笔全集

[英] 弗朗西斯·培根 著　谈瀛洲 译

Francis Bacon. The Essays or Counsels Civil and Moral. Edited by Brian Vickers. Oxford University Press. Oxford, 1999.

[英] Owen Gent

Owen Gent

Owen Gent

Owen Gent

Owen Gent

Reading maketh a full man;

conference a ready man;

and writing an exact man.

导读　尘世的智慧：谁能描绘出他的心灵

1597年，培根在他36岁的时候，出版了他的《随笔集》（*Essays*）的第一个版本，当时这本书还只有10篇，是一部很短小的书。书名来源于法国散文家蒙田（Michel Eyquem de Montaigne, 1533 — 1592）出版于1580年的《随笔集》(*Essais*)。

将这部散文集称为*Essays*是培根的自谦。因为这个词在法语里的原义是“尝试”，也许可以译为“试笔”。他的意思是，我的这些文章里的想法并不成熟，只是些尝试性的探索与思考。但其实培根不断地在对他的《随笔集》进行修改和扩写。1612年，在他51岁的时候，他出版了修改、扩写的《随笔集》的第二个版本，共38篇。

1625年，培根64岁时，他又出版《随笔集》经过再次扩写的第三版，共58篇。再过一年他就去世了。如果再活十年的话，他也许还会再出版一个经过增补的版本。1625年最后一版的58篇，加上他没有完成的一个残篇《论谣言》，就是现在一般通行的培根《随笔集》的内容了。

培根写作的一个特点，就是他的作品是在不断地缓慢成长的过程中完成的。他的其他著作也有不断修改、增补的情况，比如他的《论学术的推进》一书。所以，《随笔集》其实凝聚了他一生的经验和思考，是他的苦心经营、深思熟虑之作。

高度浓缩的智慧箴言

培根的《随笔集》虽然书名来源于蒙田，但他的写作风格，又和蒙田有许多不同。蒙田的文笔比较细密、散漫，也许可以说啰唆。蒙田的《随笔集》有3卷，107章，厚厚的一大本，篇幅比培根要大得多。蒙田的笔锋带有比较多的个人情感，他还喜欢讲一些小故事，然后引出一个哲理，故他的写作方法有时被人称作“轶事主义”。而培根的《随笔集》经过两次扩写最终也只有58篇，加1篇残篇也只有59篇，译成中文约11万字，是一本较薄的小书。

当然，根据书的长短来判断书的价值，是一种浅薄的行为。培根的《随笔集》里的文章都是相对比较短小的，但是在翻译的时候却感觉文笔很密，有时简直密得叫人透不过气来。这种密的感觉，来源于意义的浓缩、思想的浓缩。因为培根的文字，是高度浓缩的文字，差不多每一句都可以作箴言。

培根和他所生活的那个时代，对格言有特别的爱好。培根自己在晚年，还写了一本《新旧格言集》（*Apophthagmes New and Old*, 1624年）。《随笔集》一书也充满了格言，所以是一部高度浓缩的书。

1597年版《随笔集》，有极频繁的分段。1612年版，也有较频繁的分段（见Brian Vickers所编的1999年牛津世界名著版《随笔集》的附录1与附录2）。所以，我利用译者的权利，也为了适应培根文体的格言性特点，多给它分了一些段。这也使得读者在阅读时，可以得到更多视觉上的休息，并得到更多思考、咀嚼培根的凝练文字的时间。

我觉得，最喜欢读培根《随笔集》的肯定是中年人。他们对这本书会觉得相见恨晚，因为中年人有人生经验，他们知道培根的话的价值。

但最该读培根《随笔集》的是青年人。早读培根的话，人生也许可以少走一些弯路。但遗憾的是，他们常常不愿读，因为青年人喜欢自己从生活中获取经验。

简洁是智慧的灵魂

和蒙田不同的是，培根写作时笔锋不带个人情感。和讴歌爱情的诗人和小说家们不一样，对他来说，爱情是一种麻烦的个人情感，常常会给公务带来损害，给个人的事业带来损失。所以他在《论爱情》一文中写道：“舞台要比人生更受惠于爱情……但在人生中，爱情有时像魔女塞壬，有时像复仇女神，带来不少的祸害。”也就是说，爱情更适合于文学艺术；而在真实的人生中，它使人发狂，失去理性；有时还会由爱生恨，让一方疯狂迫害另一方。当然，培根的这个观点，是可以为生活中的许多事例所证明的。

培根用的是那种政治家、法律家、哲学家的笔触。用中国的成语来说，他的文笔就像是“老吏断狱”（从他的职业特色来说，培根正好又是个法律界人士），或者说是“一棒一条痕，一掴一掌血”。而我呢，更习惯的是那种诗人和小说家的感性笔触，所以刚开始翻译的时候觉得这种文字的性情和我有些不合，慢慢地才被培根的文字的那种睿智和逻辑性所打动，进入他的艺术世界中去。

培根的随笔，是以思想或文中包含的真理取胜，而不是以辞藻的华丽、句子结构的精巧繁复等取胜。作为一名大学问家，他在写作时很控制文采，这表现在他英文里的大词（也即由很多字母组成，来源于法语或拉丁语、希腊语词根的词）用得少，小词（由较少字母组成，来源于盎格鲁－撒克逊人语言的词）用得多；句子结构也相对简单。

在怀疑莎士比亚的剧本不是莎士比亚所写的那批人里面，有一派认为莎士比亚的剧本是培根写的。在翻译了《随笔集》之后，我觉得这完全不可能。因为用词、造句的习惯，是一个作家不可能随便改的。

相对于培根的简洁和高度自控，莎士比亚是属于比较啰嗦、下笔不能自休那种。他还喜欢用大词，用双关语，用复杂的句式，这些特点培根都没有。莎士比亚的同时代人如本·琼生，就抱怨过莎士比亚的这一点。

但培根也常常忍不住要卖弄学问的。这表现在他喜欢旁征博引，一会引一句《圣经》，一会来一句拉丁文，还提到许多古希腊、罗马人的事迹。这也是文艺复兴时期的文学创作风格的一个特点，即关于古代的知识，被认为是一种很有价值的知识，需要时时拿出来显摆一下。这在翻译时，真是很让人头大的一件事情，但最后我也只能耐着性子，一条条地给他作注解。

而莎士比亚呢，除了写了几个取材于古罗马和古希腊的剧本（有人抱怨他的罗马人很像他那个时代的英国人）外，很少引拉丁文、希腊文，以至于本·琼生抱怨他对这两种古代语言懂得太少。莎士比亚也很少引《圣经》。在这两方面他都跟培根很不一样。

培根：经世之才与生活艺术家

培根的这本《随笔集》还有一个特点，就是这本书里的许多篇目，其实是为君主而写的，是向君主提的建议。从这意义上来说，他又继承了马基雅维利（Niccolo di Bernado dei Machiavelli , 1469 — 1527）的《君主论》（1513）的传统。在《随笔集》里，像第 15 篇《论叛乱与骚动》、第 19 篇《论治国》、第 20 篇《论建言》、第 29 篇《论王国与国家的真正强大》、第 36 篇《论野心》、第 41 篇《论有息贷款》等都是。

培根有为学之才，也有经世之才。这两种才能并而有之的人，是很少的。他本人也一直有经世致用的强烈愿望。所以他会在著名的《论学问》篇中写道："在学问上费时过多，乃是懒惰。"因为在他看来，一个人在学问上费时过多，则必然在积极的社会活动上用时过少，实际上是逃避了对社会的责任。

培根很重视经世，对他来说纯粹的书斋之学是无用的。学问固然要有，但怎么用学问，是一门更高的学问，而且不能从书上得来，要从观察和实践中得来。

他在《随笔集》里给君主们提的建议在坦率的程度上，有的时候也可以与《君主论》媲美。比如在讨论该怎么对付叛乱的领头人物时，他这样建议道："这样的人要么把他拉拢过来，使之诚心地归顺国家，要么在他的同党中扶植一人与他争衡，分散他的号召力。"（《论叛乱与骚动》）

培根常常以完全实事求是的态度，讨论一些问题，包括政治问题，提出一些从今天来看拿不上台面，不是很符合道德的解决方法，从来不唱高调，这也是文艺复兴时期的作品的一个特点。

在第27篇《论友谊》里面，培根写了一种相当现代的现象，那就是在大城市中的孤独。而这种孤独的来源，不是人的缺少，而是爱的缺少："因为在没有爱的地方，虽有成群结队的人，他们却并非你的伙伴；虽有各色各样的面孔，但看起来就像是一排画像；虽有纷呶的语音，但听起来就像是嘈杂的锣钹。"

但即便在谈论友谊这个题目的时候，培根也没有忘记君主。他指出，和常人一样，君主也有对友谊的需要，尽管由于他们身处的位置，这有时会给他们带来很大的麻烦，甚至危险。这是一个因为君主的基本人性产生的问题。所以，他对朝廷中有"宠臣"这样的人物存在，觉得完全自然，并不从道德的高度加以谴责。

所以，很多时候，这本《随笔集》是为君主写的。培根常常在思考身为君主的人所会面临的问题和处境。也许他在写此书时，头脑中想象的读者就包括伊丽莎白一世和詹姆士一世。

除了关心政治、经济、军事、司法等方面的问题外，培根还关心生活艺术问题。这也是文艺复兴时期学者的特点：他的兴趣无所不包。因此《随笔集》里就有了第37篇《论假面剧和演武会》、第45篇《论建筑》、第46篇《论花园》这样的篇目。但即便在这种时候，培根也没有忘记君主：假面剧和演武会主要是当时宫廷里的娱乐；他所讨论的建筑，不是普通人的居所，而是帝王的宫室；他设想的花园，也是"真正适合于君主的"花园。

所以，培根并不是我们想象中的只关心抽象问题的哲学家。他对这个世界的认知非常详细而具体。他对植物十分了解，这可以从他在《论花园》一文中的一些关于植物的特别指示里看出来。比如在说到橙树、柠檬树的时候，他特别指出冬季要有温室给它们保暖。

在他所设想的这个“拥有永久的春天”的花园中，每个月都要有可欣赏的花或者是果实，为此他特意列出了在“伦敦气候”下每个月可以观赏的植物。他甚至对行走在花园中时脚下所踩踏的植物，也有特别的指示：“那些被人践踏并压碎，而不是在人经过时在空气中放出极为悦人的香气的，有三种植物，即小地榆、野百里香和水生薄荷。因此，你应当在园中小径上种满这些植物，以便在散步或踩踏时享受这种快乐。”由此可见，培根真可谓是一位生活艺术家。可惜关于衣着他没有写，不然肯定也会说出许多道道来的。

“他的语言有种甜美而庄严的节奏”

培根的写作还有一个语言特色，那就是他喜欢用三联句。所谓三联句，就是三个相同句子结构的重复，比如《论学问》篇中有名的格言：

Reading maketh a full man; conference a ready man; and

writing an exact man.

中译：阅读使人充实，会谈使人敏捷，笔记使人精确。（《论学问》）

这种三联句的例子有很多，又比如：

Studies serve for delight, for ornament, and for ability.

中译：学问可资娱乐，可作藻饰，可以用来增长才干。（《论学问》）

Men in great places are thrice servants: servants of the sovereign or state; servants of fame; and servants of business.

中译：身居高位者，是三重的臣仆：君主或国家的臣仆；声名的臣仆；事务的臣仆。（《论高位》）

他有的时候也会用对偶句，其实也是两个相同句子结构的重复。例如：

It is a strange desire, to seek power and to lose liberty: or to seek power over others, and to lose power over a man's self.

中译：追求权力却失去自由，或者说追求控制别人的权力却失去控制自己的权力，这真是种奇怪的欲望。（《论高位》）

当然，因为英文是拼音文字，这种对偶不可能做到像在中文里面那样工整。整齐也不是培根所特别追求的东西。所以，我并不认为把培根作品翻译得像骈文那样，是一种好的翻译方法；至少这不是对培根风格的真实反映。而且事实上，要把《随笔集》全文翻译成那种风格，也还没人能够做到。

当然，培根在重复句子结构的时候，会省略掉一些不需要重复的东西。把刚才所举的三联句的第一个例子中省略掉的东西在括号里补足，应该是这样的：

Reading maketh a full man; conference a ready man; and writing an exact man.

再看一下刚才举的其他例子，就可以发现一个规律，即英文常常省略重复的动词（包括系动词be)，而中文不能省。如果把这句句子的中译“阅读使人充实，会谈使人敏捷，笔记使人精确”里后面的两个“使人”去掉，就不成其为句子了。

当然，中文有另外的经常可以省略的成分，那就是主语，在这里跟《随笔集》的翻译关系不大，就不展开谈了。

这种三联句与对偶句里的省略就带来了培根风格的另一个特点：简练。可以省略的多余的词都被他省略了。例如：

If you would work any man, you must either know his nature and fashions, and so lead him; or his ends, and so persuade him or his weakness and disadvantages, and so awe him or those that have interest in him, and so govern him.

中译：如果你想左右一个人，你必须要么了解他的性情和习惯，以便诱导他；要么了解他的目的，以便说服他；要么了解他的弱点和短处，以便吓唬他；要么了解那些和他有关系的人，以便支配他。(《论协商》)

这一句其实是四联句了。

培根还常常用名词来表达动词的意思，这样可以做到高度的凝练：

The reparation of a denialt, is sometimes equal to the first grant; if a man show himself neither dejected nor discontented.

比如这一句里的reparation,denial,还有grant这三个名词，表达的都是动词的意思，但译成中文的时候无法模仿，只能把意思展开了翻：

如果一个人初次求请时被拒绝，他既不沮丧也不愤懑，那么他再次求请时得到的补偿，有时会超过他第一次求请的东西。(《论请托者》)

我尽量使用现代汉语，而不是用文白夹杂的语言来翻译培根。因为他用的就是现代英语（当然是早期的现代英语，在动词变位上还保留了中古英语的残余）。

我觉得当今在翻译欣赏上有一个不良的趣味：谁翻得像文言文，大家就觉得是好翻译。如果文言真的有那么好的话，那么20世纪初的白话文运动就不会发生也不需要发生了。之所以要有白话文，正是因为文言的不灵活，无法表达许多复杂的意思。所以翻译培根，我尽量使用简洁、清通、凝练的白话文。

培根《随笔集》（有时候也译成《论说文集》）的全译本已有多种，这里我想提一提水天同先生的译本《培根论说文集》（北京：商务印书馆，1986年）。这是已知最早的培根《随笔集》的全译本，据说水先生从抗日战争时期就开始着手翻译了。因为时代的关系，现在看来文字有些古拙。但在现有的几个培根《论说文集》的翻译本子里，水天同先生的翻译是最诚实的。没有任何花哨，也不逃避任何困难，该下一百分力的就下一百分力，作注解下的力气也是最大。在这里我向这位老先生致以由衷的敬意。

王佐良译的培根随笔很有名，但只有5篇，收在他所编的《并非舞文弄墨：英国散文名篇新选》（北京：生活·读书·新知三联书店，1994年）里面。

翻译是一项极费时间的工作，因为认真的译者要花大量时间了解他所翻译的对象，不仅是眼前要翻译的文本，还包括译者的生平，以及他的其他著作。所以翻译最好能跟译者自己的学术研究结合起来。

同时，译者要学会利用外国学者的研究成果，尤其是他们对文本所作的注释，这样可以避免许多错误的发生。我的这个译本，就在很大程度上得益于Brian Vickers和John Pitcher（Bacon, Francis. *The Essays*. Ed. John Pitcher with Introduction and Notes. London: Penguin, 1985.）所作的培根《随笔集》的注解。尤其Vickers，是一个声誉卓著的文艺复兴时期英国文学的研究学者。我在翻译时所根据的文本，就是Brian Vickers的那个版本。

蒲隆

2019年11月5日

01

论真理

“什么叫真理呢？”

彼拉多嘲弄地问，且不等耶稣回答。[1]

确实有些人，以经常改变己见为乐，并视有固定的信念为束缚。他们在思考和在行动上，都喜欢有意志的自由。尽管那一派的哲学家们已经作古[2]，但还是有一些思想散漫的智者，和他们一脉相承，只是他们的文笔，已不如古人那般有力了。（只是他们血管中所流的血液，已没有古人那么多了。）

人们之所以偏好谎言，不是因为找到

1 见《圣经·新约·约翰福音》第18章第37—38节：“耶稣回答说：‘你说我是王，我为此而生，也为此来到世间，特为给真理作见证；凡属真理的人就听我的话。’彼拉多说：‘真理是什么呢？’”

2 培根在这里指的可能是古希腊的怀疑论者或皮浪主义者，他们认为人不可能掌握真理。

The School of Athens 1510 — 1511
[意] 拉斐尔 Raphael

真理的艰难和费力，也不是因为找到真理后它对人的思想所加的限制，而是因为对谎言本身的爱好，这虽然出自天性，但仍然是堕落的。

希腊较晚的一个学派的哲人研究过这个问题[3]，他对人为什么会为了谎言本身而爱好它迷惑不解，因为它既非如诗人的作品，会给人以快感；也不像商人撒谎那样，会带来利润。

我也说不明白：真理就像从一扇敞亮的窗户里照进来的日光，它不能像烛光那样，把各种假面舞会、盛装游行和凯旋仪式照得那么庄严和漂亮。真理也许可以值一颗珍珠的价钱，珍珠在日光下最美丽；但它贵不到钻石和红榴石的价格，它们在多变的光线下最璀璨。各种谎言的混合总是能给人增添快乐。

谁能怀疑这一点呢？那就是如果把错误的评价、无价值的意见、过分乐观的希望、一厢情愿的妄想等诸如此类的东西从人的头脑里拿走，那么许多人的头脑都会变成可怜的、萎缩的东西，充满了忧郁与不适，让他自己也感到厌烦。

有一位早期的先哲曾严厉地把诗称作“魔鬼的酒”[4]，因为诗能充满人的想象，但它却不过是谎言的影子罢了。

但害人的并不是穿过人的头脑的谎言，而是渗透进去并盘踞在那里的谎言，就像我们前面所说的那些。尽管这些东西存在于人堕落的知觉与情感中，健全的理性却只对它自身作出判断，它教导我们探究真理，也就是追求它或向它求爱；了解真理，也就是掌握真理；信赖真理，也就是享受真理，是人性中的至善。

在上帝创世的那几天，他首先创造的，是感觉之光；他最后创造的，是理性之光。从他的安息日以来直到如今，圣灵的光明一直照耀着所有造物。他先把光明吹拂到物质或混沌的表面；之后他又把光明吹入人的脸庞；直到如今，他仍在把光明吹到他的选民的脸上，启迪他们。

有个哲学学派在其他方面都逊于他派，但一位诗人美化了它。[5] 他写得很好："站在岸上，看船在海面上颠簸，是一件乐事；站在城堡窗前，看下面两军对阵，互有胜负，也是一件乐事；但没有一件乐事，能跟站在真理的山巅上（能俯瞰所有其他山岭，而且那里的空气一直是清新和宁静的），一览下面山谷中的错误、彷徨、迷雾和风暴的快乐，相比拟的了。"只要能永远怀着恻隐之心，而不是带着自大与傲慢来观看这景色就好了。当然，一个人的心思如果都能出于慈悲，合于天道，并以真理为轴而

3 指希腊讽刺作家琉善（Lucian，118 — 200）。在他的对话体作品《谎言爱好者》中，有一位人物问道，为什么相比真理，人会更喜欢谎言，并为了谎言本身而爱好它。

4 圣奥古斯丁曾把诗称作"错误的酒"，圣哲罗姆又把诗称作"魔鬼的食物"。培根在这里把这两人的说法结合了起来。

5 指罗马诗人卢克莱修（Lucretius，99 — 55）。他著有长诗《物性论》，在诗中阐述了伊壁鸠鲁学派的主要观点。下文即引自《物性论》第2卷的开头。

运转，那他就是生活在人间天堂了。

让我们从神学和哲学上的真理，转到世俗事物上的真理来吧。行事正直与诚实，即便是那些不这么做的人，也承认是人性的可贵之处。而真假参半，就像是在金币和银币中加入廉价金属，它们虽使得金银变得易于加工，但降低了金银币的价值。

那些曲里拐弯的行事方式就像是蛇的爬行；卑贱的蛇因为没有脚，只能依靠肚皮走路。没有其他恶德，比被人发现说谎背信，更让人蒙受耻辱的了。蒙田曾探究，为什么"说谎"这个词，会让人那么丢脸，是那么严重的指控？他说得很恰如其分："仔细衡量起来，说人撒谎，就等于说他蔑视上帝，却害怕人类。"[6] 因为说谎者会畏避世人，但他终将面对上帝。对撒谎与背信之恶，肯定是找不到比这个说法更严厉的了。它将是把上帝对世世代代的人的审判召唤来的最后钟声；因为有预言说，在基督降临之时，"他将在世上找不到信德"[7]。

6 见蒙田《随笔集·论撒谎》。其实蒙田的这句话是在引用普鲁塔克。

7 见《圣经·新约·路加福音》第18章第8节："然而人子来的时候，遇得见世上有信德吗？"

02

论死亡

人恐惧死亡，就像孩子害怕走入黑暗一样；关于黑暗的可怕故事听得越多，孩子对黑暗的天然恐惧就越增加。对死亡的恐惧也是如此。当然，把死亡视为罪恶的报应和前往另一世界的通道，是虔诚与合乎宗教的；但对死亡的恐惧，却是软弱的表现，因为人都欠自然一死。

然而在宗教对死亡的思考中，混杂着迷信和无益的想法。在某些修士论苦行的著作中，你会读到说人只要想象一下他的指尖被挤压或者是受折磨，他就会感到多大的痛苦，那么可想而知，死亡的痛苦会有多大，因为那时整个身体都消解腐坏了。其实许多时候，死亡所带来的痛苦，比一肢受刑时人所受的痛苦要小得多：因为人最重要的器官感觉并不是最敏锐的。

有位哲学家虽还是个蒙昧人[1]，却说得非常好:“死亡的装饰品比死亡本身，更让我们害怕。”[2]人死时的呻吟与痉挛，还有变色的面容，加上朋友的哭泣、黑色的丧服、隆重的葬仪等类似的东西，让死亡显得可怕。

值得指出的是，人心中的任何一种感情，都强大到足以降服和控制对死亡的恐惧。人有那么多的随从可以助他打败它，所以死亡并不是那么可怕的敌人。复仇可以战胜死亡；爱情藐视死亡；荣誉向往死亡；悲哀奔赴死亡；恐惧期待死亡。而且，我们不是在书中读到过吗，在罗马皇帝奥索[3]自杀后，许多最忠诚的拥护者，仅仅是因为对君主的同情（这是所有情感之中最温和的了），就追随他而死了。

在自杀的原因里，塞内加还增添了厌倦和腻烦:“不是只有敏感、愁苦或无畏的人才会想死。只要想想你做同样的事做了多久，感觉厌腻了的人也会想死。”[4]一个既不勇敢也不悲苦的人，因为厌倦了反复做同一件事，也会想死。

同样值得指出的是，豪杰之士在临近

1 这里的哲学家指古罗马哲学家与戏剧家塞内加。“蒙昧人（natural man）”指尚未受到基督教的启迪。

2 此语来自塞内加《道德书简》第24篇。

3 指Marcus Salvius Otho，69年为罗马皇帝。奥索自杀事载塔西佗《历史》第2卷第49章。

4 此语出自塞内加《道德书简》第77篇。

5 Augustus Caesar（前27—后14）：罗马帝国开创者。

6 见苏维托尼乌斯《奥古斯都传》。

7 Tacitus（约55—120）：古罗马史学家，著有《阿古利可拉传》《日耳曼尼亚志》《历史》《编年史》等。

8 提比略（Tiberius）：罗马皇帝，死于37年。

9 见塔西佗《编年史》第6卷。

10 Vespasian：69—79年间在位的罗马皇帝。把罗马帝国从尼禄死后的连年内战中解救出来，给帝国带来了和平与繁荣。

The Return 1940
[比]雷尼·马格利特 Rene Magritte

死亡的时候仍然不改本色；因为直到生命的最后一刻，他们依然故我。罗马皇帝奥古斯都[5]死前还在称赞他的妻子："永别了，利维娅，别忘了我们的伉俪之情。"[6]临死不改其诈伪。塔西佗[7]说："最终，提比略[8]的体力和精力都不行了，但诈欺的能力不改。"[9]韦斯巴芗[10]死前还在说笑。他坐在马桶上说："我一边在思考，一边在成神。"[11] 加尔巴[12] 临死前，一边伸长脖子，一边还说了这么一句话："砍吧，倘若这有益于罗马人民。"[13] 塞普提缪斯·塞维鲁[14] 还在忙着处理公务："如果还有事要我处理的话，那就快点！"[15] 等等。

关于死，斯多葛派的人当然是太小题大做了。为死做过多的准备，反而让死显得更可怕。有人说得很好，"应当把生命的结束，看作是自然的恩惠"[16]。死亡和出生同样自然。对于婴儿来说，出生可能和死亡同样痛苦。

为伟大事业奋斗而死，可能就和在沙场鏖战中而死一样，当时几乎感觉不到痛苦；因此，一心向善的心灵，确实能避免死亡的苦痛。但最重要的是，应当相信，当一个人实现了期望，达到了高尚目标的时候，对上帝最动听的颂歌就是："主啊，请释放仆人安然去世。"[17] 死亡还有个好处，那就是它打开了美誉之门，熄灭了妒忌之火："（活着遭人妒忌的）那人死后，却会被人爱戴。"[18]

11 Ut puto deus fio：这是一句双关语。Puto一词既有"净化"，又有"思考"的意思。所以这句话也可以理解为"我一边在净化自己，一边在成神。"

12 Galba：罗马皇帝，68 — 69年在位，为禁卫军所杀。

13 见普鲁塔克《加尔巴传》。

14 Septimius Severus：罗马皇帝，193 — 211年在位。

15 见迪奥·卡西乌斯《罗马史》第67章。

16 语出罗马诗人朱维那尔《讽刺诗》第10篇。

17 见《圣经·新约·路加福音》第2章第29节。

18 此语出自贺拉斯《书札》第2卷第1首。

03

论宗教统一

因为宗教是维系人类社会的主要纽带，所以，如果它本身能维持真正统一的话，那真是一件幸事。对于异教徒来说，宗教引起的争吵和分裂等祸害是不存在的，原因是他们的宗教是由仪式和典礼组成，并没有恒久的信仰。他们教会里的导师和长老都是些诗人。从这一点，你就可以想象出他们所信奉的是什么了。但真正的上帝有这样一种性质，即他是一个“忌邪的神”[1]，因此对他的崇拜和信仰不能容忍任何稀释与分享。所以，我们就来谈一谈教会的统一，统一所带来的好处，统一的局限，还

1 见《圣经·旧约·出埃及记》第20章第5节。

有达到这种统一的方法。

（除了最重要的一点，即取悦上帝以外）统一的好处有两个：其一是对教会外的那些人的好处，其二是对教会内的那些人的好处。对于前者来说，可以确定的是，异端和分裂是所有丑闻之中最严重的了；是的，比行为上的堕落更严重。这就像肉体之受外伤或肢体之撕裂，比体液的病症要严重得多。[2]在精神方面也是如此。所以，没有比统一的破裂，更能阻止人加入教会或把人赶出教会的事情了。

因此，每当遇到这种情形，即一个人说“看哪，基督在旷野里”[3]，另一个人便说“看哪，基督在内屋中”[4]的时候；也就是说，当有些人在持异端者的聚会中寻找基督，有的人在教会的外在表面上寻找基督的时候，那个声音必须不断在人的耳中回响：“你们不要出去。”[5]

那位非犹太人的导师[6]（他的使命的特性使得他对教会以外的人特别关注）说：“或是不信的人进来，听见你们在用几种语言说话，他岂不说你们癫狂了吗？”[7]

如果不信神的和世俗的人听见宗教里

2 这跟古希腊的“体液说”有关，即人有四种体液，血液、黏液、黄胆汁、黑胆汁，而这四种体液的不平衡，就会引起种种疾病。

3 见《圣经·新约·马太福音》第24章第26节。

4 见《圣经·新约·马太福音》第24章第26节。

5 见《圣经·新约·马太福音》第24章第26节。

6 指圣·保罗。

7 见《圣经·新约·哥林多前书》第14章第23节。

8 见《圣经·旧约·诗篇》第1篇第1节。

9 指法国作家拉伯雷（1493—1553），《巨人传》的作者。

10 莫里斯舞为英国民间舞蹈，传说起源于摩尔人或对摩尔人的模仿，英国传统乡间舞者跳这种舞时会把脸部涂黑。

11 见《圣经·旧约·列王纪下》第9章第18节。

12 见《圣经·新约·启示录》第3章第14—16节。老底嘉教会的使者因“不冷也不热”的行为受到批评。

13 见《圣经·新约·马太福音》第12章第30节。

14 见《圣经·新约·马可福音》第9章第40节。

的各种不一致的甚至相对立的意见，这肯定也好不了多少，会让他们避开教会，去“坐亵慢人的座位”[8]。

有一位讽刺大师[9]，在他虚构的一座图书馆的藏书目录中列出了这样一本书，书名叫《持异端者的莫里斯舞[10]》。在如此严肃的一件事上征引这样一位作家显得有些轻浮，但它很好地表现了宗教上的畸形状态：确实，每个教派都有其特殊的姿态或奴颜婢膝的鞠躬姿势，这只能引起世俗之人和堕落政客的嘲笑，他们本来就对神圣的事物心怀鄙视。

至于对教会内的人的好处，那就是和平。和平包含着无尽的福祉。它能强化信仰，发起善心。教会外在的和平会带来良心的和平。它会把花在写作和阅读争论文章上的力气，转移到关于苦行和虔修的著作上来。

至于统一的界限，把它划在合适的地方是至关重要的。存在着两个极端。有些狂热分子对一切主张和解之言都听不入耳。“耶户说，平安不平安与你何干？你转在我后头吧！”[11]对他们最重要的不是平安，而是信徒和追随者。

反过来说，有些老底嘉式人物[12]和不温不火的人以为他们在宗教的问题上可以采取折中的态度，脚踏两只船，耍小聪明来达成和解，就好像他们可以在上帝和人之间做仲裁似的。这两种极端都要避免。

如果把我们的救世主亲自确定的基督徒盟约中两个相反的条文正确地解释明白，就可以做到这一点：“不与我相合的，就是敌我的”[13]；还有，“不敌挡我们的，就是帮助我们的”[14]。

也就是说，要把宗教中根本的、实质性的问题，和不纯属信仰，而跟见解、戒律和宗教活动的目的有关的问题正确地认识和区分开来。许多人也许以为这是件早已完成的区区小事。如果这事处理得偏袒更少的话，就会为更多人所接受。

关于这一点，因为篇幅有限，我仅提供这一条建议。人应该小心，不要用两种类型的争论，来撕裂上帝的教会。

一种是争论的问题太小，纯为好辩而起，根本不值得激烈争吵。正如一位早期基督教著作家[15]所说："基督的衣袍的确无缝，但教会的衣袍却五颜六色。"[16]对此他又说："服装可以多种多样，但不能有裂缝。"[17]统一和一致，是两回事。

另一种是争论的问题是很重大的，但关于它的论辩已发展到过分精微晦涩，以致机巧有余，实质不足。有判断和理解力的人有时会听到无知者在争吵，并且知道这些意见不同的人说的其实是一回事，但他们永远不会同意对方。

既然在判断力不同的人之间会出现这样的情形，难道我们不可以认为，了解人

15 指圣奥古斯丁。

16 参见《圣经·新约·约翰福音》第19章第23节。

17 原文为拉丁文 In veste varietas sit , scissura non sit 。

18 参见《圣经·新约·提摩太前书》第6章第20节。

19 参见《圣经·旧约·但以理书》第2章第41节："你既见像的脚和脚指头一半是窑匠的泥，一半是铁。"

20 见《圣经·新约·路加福音》第22章第38节："他们说，'主阿，请看！这里有两把刀。'耶稣说：'够了。'"

21 见《圣经·旧约·出埃及记》第32章第19节："摩西……把两块版扔在山下摔碎了。"

心的上帝确实能看出，脆弱的人类所持有的一些相反意见，说的其实是同样的意思，因而对两者都加以接受？

这一类争论的性质，圣保罗在他与此有关的警告和箴言中就说得很清楚："躲避世俗的虚谈和那敌视真道、似是而非的学问。"[18] 人们虚造出种种不存在的对立，并且用极为僵化的定义来表述它们，在应当由意义支配定义的时候，却让定义支配了意义。

有两种假的和平或统一：一种是和平建立在混乱的无知之上；因为在黑暗中，所有颜色看上去都是协调的。另外一种，是接受在根本问题上的矛盾意见，把它们直接拼凑起来。但在这些问题上的对与错，就像是尼布甲尼撒王梦见的偶像的铁脚趾和泥脚趾一样，它们可以黏合在一起，但却不能融为一体。[19]

至于获得统一的手段，必须小心的是，在谋求与巩固宗教统一时，不要废除和损害博爱与人类社会的法律。基督徒有两把刀[20]，一把是精神之刀，一把是世俗之刀，两者在维护宗教时各有其功能与地位。

但我们不可以举起第三把刀，或其他类似的刀，也就是通过战争来推广宗教，或者是用血腥的残害来强迫人改变其信仰，除非是有人亵渎神明，或者是公然做出有辱宗教的丑事，或者是把宗教掺和到反对国家的阴谋中。

尤其不可以煽动骚乱、认可阴谋与反叛、授民众以刀剑，以及诸如此类意在颠覆政权的行为，因为这是神的规条。这样做，无异于用刻有神示的第一块法板去撞第二块法板。[21] 这样做是只把人看作了基督徒，而忘了他们还是人。诗人卢克莱修在看到阿伽门农竟

Venice, the Entrance to St Mark's Basilica 1926
[捷]安东涅塔·布兰德斯 Antonietta Brandeis

22 原文为拉丁文Tantum religio potuit suadere malorum。

23 指1572年8月24 — 25日圣巴托罗缪节法国天主教徒对胡格诺派教徒的大屠杀。

24 指英国天主教徒Guy Fawkes在议会地下埋藏火药，阴谋在1606年11月5日炸毁议会和炸死英王詹姆士一世的事件。

25 卢克莱修是伊壁鸠鲁的信徒。后者认为，人死后没有不朽的灵魂，神也并不关心人类的福祉。

26 一个激进的清教徒教派。不承认婴儿时的受洗，主张在成年后再次接受洗礼。

27 见《圣经·旧约·以赛亚书》第14章第14节。

28 指魔鬼。

29 希腊神话中墨丘利手持神杖，接引亡魂至阴间。这里指各门学问的教化之力。

30 指圣·雅各。

31 见《圣经·新约·雅各书》第1章第20节。

32 出处不明。

然忍心拿自己的女儿献祭时，叹道：

> 宗教能叫人做出如此邪恶之事。[22]

如果他知道了法国的大屠杀[23]和英国的火药谋反案[24]，他又会说什么？他会成为七倍的伊壁鸠鲁信徒，七倍地不信神。[25]

在宗教问题上拔出世俗之刀时要极为谨慎；将其放入普通民众的手中是可怕的。这样的事还是留给再洗礼派教徒[26]和其他狂热分子去做吧。魔鬼说："我要升到高云之上，我要与至上者同等。"[27]这是对神极大的不敬。但假冒上帝，并且登台说，"我将降世，并像黑暗之王[28]那样行事"，那就是对神更大的不敬了。

如果宗教的目标堕落为谋害君主、屠杀民众、颠覆国家与政权之类残酷与恶劣的行为，那又好在哪里？这就像让圣灵化身为兀鹫或乌鸦，而不是化身为鸽子降世，或是在基督教会的船上挂起海盗与刺客的旗帜一样。

因此，非常有必要的是，教会借助其教义和教令，君主借助其武力，还有（关于基督教的和道德的）各门学问借助墨丘利之杖[29]，谴责支持上述罪行的行为和意见，并将其永远投入地狱，正如已经在很大程度上做到的那样。显然，应该在所有关于宗教的建议之前，加上那句使徒[30]的箴言："人的怒气并不成就神的义。"[31]又有一位睿智的早期基督教著作家写道："那些主张并支持用压力来改变人的信仰的人，往往为的是达到他们私人的目的。"[32]这是值得注意的观察，也是坦率的供认。

04

论复仇

复仇是一种野蛮的正义；人的天性越是倾向于复仇，法律就越应该禁绝它。因为最初的过恶只是触犯了法律；对这过恶的报复，则剥夺了法律的效用。当然，报复让人跟他的仇人扯平了；但如果宽恕仇人，他就比仇人更高尚，因为赦免本是君主的特权。

我确信，所罗门曾说过："宽恕人的过失，便是自己的荣耀。"[1]过去的已经逝去，无可挽回了；当今和未来之事就够智者忙的了；那些为过去的事而劳神费力的人，只是在虚度光阴。

人作恶只是为了获得利益、快感、荣誉之类的东西，没人会为了作恶而作恶的。所以，我为何要为别人爱已胜过爱我而恼怒呢？如果有人完全是因为生性恶毒而作恶，那么，这就像是荆棘木刺，除了刺人扎人，就不会做别的。

有些过恶没有法律可以惩罚，如果报复，还可以容忍；但复仇者也需当心，他的报复也要没法律可以惩处。不然的话，他的仇人仍占上风，因为他要受两次伤害，而仇人只受了一次。[2]

在复仇的时候，有些人喜欢仇人知道报复来自何方。这是比较高尚的做法。因为复仇者的快乐似乎并不来自伤害对手，而来自让他悔恨。但卑劣狡猾的懦夫则像飞来的暗箭。

佛罗伦萨公爵科西莫[3]对背叛和忽视朋友道义的人严词抨击，似乎这些过错是不可原谅的。他说："人们会在《圣经》中读到耶稣要我们宽恕仇敌，却不会读到他要我们宽恕朋友的教诲。"[4]但约伯的精神格调更高。他说："难道我们从神手里得福，不也受祸吗？"[5]对朋友来说，也是如此。

处心积虑复仇的人，本来可以愈合长好的伤口，必定一直新鲜。

报公仇多半会带来幸运，比如为恺撒[6]、珀蒂纳克斯和亨利三世之死的复仇[7]，还有许多其他例子可举。但报私仇就不是这样了。不仅如此，报复心强的人过着女巫一般的生活：他们着意害人，自己也没有好的下场。

1 见《圣经·旧约·箴言》第19章第11节。

2 指复仇者受仇人伤害一次，又受法律伤害一次。

3 指Cosmus I de' Medici，1537—1569年间的佛罗伦萨公爵。

4 见《圣经·新约·马太福音》第5章第38—48节和《圣经·新约·路加福音》第6章第27—36节。

5 见《圣经·旧约·约伯记》第2章第10节。

6 Caesar，即Julius Caesar（前100—前44），罗马政治家、军事统帅。曾与庞培、克拉苏结成"前三头同盟"。同盟分裂后击败庞培，成为独裁者（前49—前44）。后被以布鲁图斯和卡西乌为首的共和派贵族刺杀。

7 指奥古斯都为恺撒、塞维鲁斯为珀蒂纳克斯（Pertinax，193年在位的罗马皇帝）、法王亨利四世为亨利三世复仇之后，都有一个比较好的统治时期。

Barche De Pesche, Venezia 1910

[捷]安东涅塔·布兰德斯 Antonietta Brandeis

05

论厄运

塞内加有一句（学斯多葛派口气的）高论："好运中的好事是值得想望的；厄运中的好事是值得羡慕的。"[1] 如果奇迹就是对天性的自我控制的话，那么它们肯定是在厄运中出现得更多。他还有一句话比刚才那句还要高明（对一个异教徒来说实在是太高明了）："集人的脆弱与神的恬然于一身，是真正的伟大。"[2]

这意思用诗歌来表达会更好，因为在诗歌里容许更多的夸张。诗人们也确实一直从事于夸张。它正是古代诗人在奇特的神话中所描述的那种东西。其中似乎不乏

1 此处培根引了拉丁文原文：Bona rerum secundarum optabilia；adversarum mirabilia。

2 此处培根引了拉丁文原文：Vere magnum habere fragilitatem hominis, securitatem Dei。

神秘，不仅如此，还接近了基督徒的状态：“赫拉克勒斯去给普罗米修斯（他象征着人性）松绑，他乘着一只陶罐或陶壶，渡过了大海。”这生动地描绘了基督徒般的决心，他们乘着肉体的脆弱小船，驶过人世间的惊涛骇浪。

还是用平实的语言来说吧。

幸运中的美德是节制，
厄运中的美德是坚毅。

从道德上讲，后者是更英勇的美德。

幸运是《旧约》中的祝福，厄运是《新约》中的祝福，后者包含着更大的福祉，更清晰地昭示了神恩。但即便在《旧约》中，如果你细听大卫的竖琴，就会听到和欢歌一样多的悲声；圣灵的笔，在描述约伯的苦痛的时候，比在描绘所罗门的幸运时所下的功夫更大。

幸运中也有恐惧和烦恼；厄运中也有安慰和希望。在织物和绣品里，暗色、冷色的底子上有明快的图案，比在暖色的底子上有暗色的、忧伤的图案更加悦目。从悦目的道理，可以推知赏心的道理。

无疑，美德就像是珍贵的香料，在被焚烧或碾碎时最为芬芳。在幸运中最能看出一个人的缺点，在厄运中最能发现一个人的美德。

06

论装假与遮掩

遮掩只是一种软弱的策略或智谋；因为知道何时该讲真话，并且真的讲了，需要强大的理性和决心。所以善于遮掩者属于较软弱的那一类政治家。

塔西佗说："利维娅较好地配合了她丈夫的计策和她儿子的遮掩。"[1] 也就是说，他认为奥古斯都有计谋和韬略，而提比略善于遮掩。当穆西阿努斯[2]鼓动韦斯巴芗举兵反对维特里乌斯[3]时，又说："我们起兵反对的，不是具有敏锐判断力的奥古斯都，也不是极为小心和守口如瓶的提比略。"富有计谋或韬略，和善于遮掩或行事谨秘，

1 出自塔西佗《编年史》第5卷第1章。利维娅（Livia），奥古斯都的第三位妻子。

2 Mucianus，1世纪时古罗马将领，叙利亚军队的指挥官。

3 Vitellius（15－69），古罗马皇帝，为韦斯巴芗所败，被杀。

4 见塔西佗《编年史》第3卷第70章。

这些都确实是不同的习惯和能力，需要加以分辨。

如果有人能敏锐地作出判断，能够分辨在何时对何人，哪些事应该公开，哪些事应该守密，还有哪些事应该半遮半掩（塔西佗说得好，这才是治国和立身的诀窍）[4]，那么对这样的人来说，遮掩的习惯只是一种妨碍和不足。

但如果那人无法作出这样的判断，那么一般来说他就只能守口如瓶，遮遮掩掩了。因为如果他在具体事务上无法作出选择和变通时，在总体上采取最安全和最谨慎的方式就是个好的办法，就像目力不济的人只能如履薄冰似的走路一样。

显然，自古以来能力出众的人，处事都诚恳坦率，都有诚实可靠之名，但他们就像是调教得很好的马，知道何时该停步，何时该转弯。而在他们遇到需要遮掩的情形的时候，即便他们确实遮掩了，早已远扬的处事诚信和清正的美名，也会让人们对他们的这种行为视而不见。

隐藏和遮掩内心（自我）的方法，可以分为三等。第一等是寡言、谨口、守密，叫人看不出端倪，抓不住把柄。第二等是消极地遮掩，即放出蛛丝马迹，教人错认他的为人。第三等是积极地装假，即卖力地、特意地假装成他不是的那种人。

先谈谈第一等的方法，守密。这确实是听忏悔的神父的美德。能守密的人，也会听到很多忏悔。谁会向一个喋喋不休和泄露秘密的人打开心扉呢？如果一个人被认为

La Promenade De La Mer A Etretat 1899
[瑞] 菲利克斯 · 瓦洛东 Felix Vallotton

能保守秘密，就会引人向他吐露隐私，就像密闭的空气会吸进自由流动的空气一样。因为忏悔中的坦白并不是为了世俗的用处，而是为了解决内心的负担；类似地，守密的人就会知道许多的事，因为人们更乐意减轻他们心灵的负担，而不是分享内心的情愫。

简而言之，能守密就能得到许多的秘密。再者（实话实说），不管是心灵的还是肉体的裸露，都是不雅观的。如果人的态度和举止比较谨秘的话，便会增加不少尊严。而多嘴饶舌之辈，多为轻浮而又轻信之人。那些爱谈其所知的人，也爱谈其所不知。

因此要留意，养成守密的习惯不仅明智而且符合道德。就此而言，人最好是让他的舌头而不是面孔说话，因为被人从表情看出内心是严重的泄露，是很大的弱点。表情比一个人的言辞更受人注意，更为人相信许多倍。

再谈第二等隐藏内心的方法，遮掩。要守密，许多时候就必须遮掩。所以，想要守密的人，必然会在某种程度上遮遮掩掩。因为人们太狡猾了，不会容许他不表明自己的态度，不偏不倚，做骑墙派。他们会用问题围攻他，诱使他说话，探出他的口风。除非他不合情理地保持沉默，他总会表现出某种倾向。而且即便他不说话，他们从他的沉默中也能像从他的言辞中推断出一样多的东西。至于模棱两可、含糊其词，也无法坚持长久。所以，除非给自己一点遮掩的余地，谁也无法守密。因此，遮掩就像是守密的裙裾。

至于第三等的隐藏内心的方法，也即装假和说假话，我认为是应受责备的、不那么明智的，除非是在重大和少有的事件上。因此，众人都习惯于装假（这是最下等的遮掩）是一种恶习，来源于天性中的虚伪或胆怯，或来源于某种心智的重大缺陷。因为需要掩盖这种缺陷，人们就在其他事情上练习装假，以免技艺生疏。

装假和遮掩会带来三大利益：

第一，使对手懈怠，然后对其发动突然袭击。如果一个人公开了他的意图，那就像是给所有反对它的人发了警报。

第二，是给自己留一条体面的退路。

因为如果一个人发布了明白无误的宣言，那就是约束了自己。他要么必须实现承诺，要么就只能被人打倒。

第三，可以更好地发现别人的意图。如果一个人公开其意图，别人很少会公然反对，很可能就索性让他说下去，同时把自己发言的自由变为思想的自由。[5]因此西班牙人有一句精明的谚语："撒个谎以了解真情。"这句话似乎是说，只有通过装假才能有所发现。

平心而论，装假和遮掩也有三个不利之处。

首先，装假和遮掩一般来说是胆怯的征象，这在任何事务中都有碍一箭中的。

其次，装假和遮掩的人会让本来会和他合作的人感到困惑和茫然，他只好独自去达到自己的目标。

第三个也是最大的不利之处，就是装假和遮掩剥夺了一个人采取行动的最主要的工具之一：信任与信赖。

5　指听者在暗中思考判断。

最好的禀赋和性格就是
有坦诚的名声，
有守密的习惯，
懂得适时地遮掩，
在无可奈何之时又有装假的能力。

07

论父母和子女

做父母的快乐是难以言宣的，他们的悲伤和担忧也是。快乐是他们无法说，悲忧是他们不愿说。子女让劳作变得甜蜜，但也使不幸变得更为惨痛。父母在生活中要操心的更多，但对死亡则会想起的较少。动物皆能通过生殖以臻不朽，唯有人才有声名、才德与功业。[1]

确实可见，最伟大的功业或机构，常为没有子女的人所创；在再现肉体的形象失败之后，他们用这些来再现他们精神的形象。所以，对子孙后代最关切的，倒是这些没子孙后代的人了。

1 这一句可以参看柏拉图《会饮篇》。

那些创立家族事业的人，对子女是最溺爱的了；他们把子女看成不但是家族的延续，也是事业的延续；既是子女，也是自己的创造物。

多子女的父母，对孩子的关爱常常不平均，有时甚至是不恰当的。这一点在母爱上尤为明显。所罗门曾说："智慧之子使父亲欢乐；愚昧之子叫母亲蒙羞。"[2]常见在一个子孙满堂的家庭里，最年长的一两个子女受到尊重，最小的被宠溺，居中的则像被忘却了似的，但他们常常是最有出息的。

父母在给子女的用度上太吝啬，是一种有害的错误。这会使他们的性格变得卑劣，学会欺瞒，和下流人物往来，在有钱时挥霍无度。父母要保持对孩子的权威，但不要只知捂紧自己的钱包，这样才能有最好的结果。

世人（包括父母、教师和家仆）有个不好的习惯，就是童年期在兄弟间制造和鼓励争竞，这常常导致他们在成年后不和，扰乱家庭。意大利人对自己的子女、侄甥和近亲的孩子几乎一视同仁；只要是同族，是否是己出他们并不在乎。确实，在本质上也差不多。有时我们会看见，因为血缘的关系，某个侄子或外甥更像某位叔伯、舅舅或族亲，而不像自己的父母。

父母应及时选择他们想让孩子从事的职业和所走的生活道路，因为在童年期他们的可塑性最大。他们不应过分顺从孩子的天性，以为只要是他们喜欢的东西他们就会做得最好。当然，如果孩子有特殊的喜好或天分，还是不要拂逆他为好；但一般来说，“选最好的，习惯将使它变得轻松愉快”这句格言，还是对的。

做弟弟的一般来说是幸运的，但很少或从来不是因为做哥哥的被剥夺了继承权。[3]

2 见《圣经·旧约·箴言》第10章第1节。

3 按当时英国的习惯，长子继承全部家业，而弟弟须自食其力。培根的意思是，如果一旦哥哥被剥夺继承权，弟弟突然获得大笔财产，这意外的幸运往往会让他失去勤勉的习惯。

男

人 该在什么

时候

结婚?

08

论婚姻与单身生活

有了妻子儿女的人就等于给命运交了人质；因为他们是伟大事业的障碍，不管这事业是善的还是恶的。最好的、对公众最有利益的事业，总出自单身或无后男子之手；他们既在情感上和大众结了婚，也把资产给了他们作彩礼。然而，有孩子的人对未来最关心，因为他们知道要把最珍贵的抵押品转让给未来，这也是很合理的。

有些过着独身生活的人，他们的思虑仅及于自身，觉得未来与己无关。还有些人，把妻子和儿女看作是账单。还有些愚蠢、贪婪的富人，以无后为自豪，因为这样一来，别人就会以为他们更富。也许他们曾听见人说，“这是个很有钱的人”，而另一个人则反对说，“不错，但他有很多子女的拖累”，就好像子女减少了他的财产。但过独身生活最大的理由就是自由，对某些性情乖僻、只顾自己高兴的人来说尤其是这样，他们对任何限制都十分敏感，几乎要把腰带和袜带都看成是束缚和锁链。

未婚男人是最好的朋友、最好的主人和最好的仆人；但他们并不总是最好的臣民，因为他们容易轻身远飏，几乎所有逃犯都属于这种情形。

独身生活很适合教会人士；慈善就像泉水，如果它要先灌满一个池塘，就只剩下很少来灌溉大地。

对做法官和地方治安官来说，是否单身关系不大。如果他们耳根子软，收受贿赂，那么一个坏仆人起的作用会比一个坏妻子大得多。

至于军人，我发现将军们在训话时，总是会提醒士兵们要想到自己的妻子和儿女。我认为，土耳其人对婚姻的蔑视，使普通士兵变得更加卑贱。

妻子和儿女显然是一种对人性的训练。单身男子的钱财消耗得比较少，所以更乐善好施，但从另一方面来说，他们较少用到温情，所以更残酷，心肠更刚硬（适合做严厉的审判官）。

生性庄重的人受风俗的影响，因而忠贞不渝，一般会做恩爱的丈夫，就像人们所说的尤利西斯："他爱老妻胜于爱长生。"[1]

贞洁的女人常以清白自矜，故而性格高傲乖戾。觉得丈夫明智，是让妻子保持忠贞和服从的最好保证；如果她发现他好妒忌，就不会觉得他明智了。

妻子是年轻男子的情人，中年男子的伴侣，老年男子的护士。所以不管在何时，男人都有娶妻的理由。但据说有一个哲人[2]，对"男人该在什么时候结婚"这个问题这样回答：

> "年轻人还不到时候，
> 年长者则根本不应结婚。"

经常可以看到，很糟糕的丈夫却有很好的妻子，这也许是为了让丈夫的好处在偶尔显露时，显得更为珍贵；或许是因为他们的妻子为自己的忍耐而感到自豪。如果她们是不顾朋友的反对，自己挑选了糟糕的丈夫的话，那她们就只能打落牙齿往肚子里咽了。在这种情形下她们只能如此。

1　荷马史诗《奥德赛》中的尤利西斯，在特洛伊之战结束后的返乡途中遇到女神吕普索，女神向他求爱并愿与之共享长生。尤利西斯拒绝了，最终回到故乡与妻子团聚。

2　指希腊哲学家泰勒斯（约前624—前547）。

09

论嫉妒

人们注意到，在强烈的情感中，没有比爱情和嫉妒更让人着魔，更让人受蛊惑的了。两者都有强烈的欲望；都容易使人想入非非和接受诱惑；都容易进入眼睛[1]，尤其是嫉妒的对象在场的时候。这些特点都容易导致着魔，如果真有着魔这种事的话。

同样地，我们看到在《圣经》中嫉妒被称为“恶眼”[2]。而占星家把星体邪恶的流[3]称作“邪恶的相位”[4]。似乎人们还总是认为，在嫉妒的时候，人的眼睛会射出或放出一种流。

有些过分注意细节的人甚至指出，嫉妒之眼打击伤人最厉害之时，正是看到被嫉妒的一方在炫耀成功的时候，因为这增强了嫉妒。况且在这种时候，被嫉妒者的精神充溢体表[5]，最容易受到打击。

撇开这些无益的问题不谈（尽管在合适的地方它们还是值得被思考的），我们来讨论什么人容易嫉妒人，什么人最容易被嫉妒，还有公妒和私妒之间的区别。

一无所长的人总是嫉妒别人的长处。人心不是以自身的善，就是以他人的恶为食。如果缺此，就会夺彼。不论是谁，如果无望学得他人的长处，就会试图通过贬抑别人的成功来求得平衡。

无事忙的包打听一般都好嫉妒。了解太多别人的事，肯定不会是因为这许多纷扰都跟他自己的利害有关，所以这必然是因为他抱着看戏的心态，来窥看他人的祸福。

只管自己的事的人，找不到啥可嫉妒的。因为嫉妒是一种焦躁不安的情感，总是在大街上行走，不能待在家里："那些爱打听的人，总是在期望别人倒霉。"[6]

人们注意到，贵族出身的人，会嫉妒地位正在上升的新贵，因为他们之间的距离改变了。这就像视觉上的错觉，别人前进时，他们觉得自己后退了。

身体畸形的人、阉人、老年人和私生子都好妒。那些不能改变自己处境的人，会尽其所能，来破坏别人的处境。除非这些缺陷发生在生性勇敢、崇高的人身上，他们会想把天生的缺陷，变为荣耀的一部分，

1 文艺复兴时期的人们认为，眼睛通过发出光柱来看见东西，而嫉妒也是人的眼睛实实在在地放射出的一种"流"。见Brian Vickers为培根《随笔集》第163页所作的注。(Bacon, Francis. *The Essays or Counsels Civil and Moral*. Oxford: Oxford UP, 1999.)

2 见《圣经·新约·马可福音》第7章第22节："an evil eye"。

3 原文为evil influences。Influence是占星学认为星体发出的一种"流"。

4 原文为evil aspects。Aspect是西方占星学术语，指行星、星座和地球形成的角度，有些角度为"不祥"。

5 当时认为精神是一种极纯净的液体，可以充溢体表，也可以收回体内。

6 原文是拉丁文Non est curiosus, quin idem sit malevolus。为古罗马喜剧作家普劳图斯(Plautus)之语。

Portrait of Molly MacCarthy 1914 — 1915
[英]凡妮莎·贝尔 Vanessa Bell

嫉妒总是狡猾地在暗中行事，
破坏美好的事物

让人说，“一个阉人，一个瘸子，竟然成就了这么伟大的事业”，以获得创造奇迹的荣誉。阉人纳尔塞斯[7]、瘸子阿格西劳斯[8]和帖木儿[9]就是这样。

经过灾难和不幸后东山再起的人也同样好妒。他们就像和时代格格不入的人一样，把别人的灾祸视为对自己所受苦难的补偿。

那些想要在太多领域出人头地的人，因为浮躁和虚荣，总是嫉妒别人。他们不缺嫉妒的对象，因为在这些领域中的任何一个，总会有许多人超过他。罗马皇帝哈德良[10]的性格就是这样。他对诗人、画家和巧匠都嫉妒得要命，因为在这些技艺上他都有过人的才能。

最后，近亲、同僚、一起长大的伙伴，看到原来和自己一样的人飞黄腾达，也容易嫉妒。因为这向他们指出他们运气不佳，而且时时提醒他们这一点，还让别人也注意到。

别人的谈论和出名也会使嫉妒倍增。所以，该隐对他兄弟亚伯的嫉妒更为卑鄙与恶毒[11]，因为在亚伯的供物被神看中的时

7 Narses（472 — 568）：拜占庭名将。

8 Agesilaus（前444 — 前360）：斯巴达国王。

9 Tamburlane（约1336 — 1405）：鞑靼王，据传为瘸子。

10 Hadrian，76 — 138年间罗马皇帝。

11 见《圣经·旧约·创世记》第4章第3 — 5节。

Cafe 1888

[美] 威拉德·梅特卡夫 Willard Metcalf

候，并没有人在旁观。关于那些容易嫉妒的人就谈到这里。

下面谈谈那些多少会遭嫉妒的人。

首先，有明显长处的人在被擢升时，较少受人嫉妒，因为他们的好运看上去只是应得的。没人会嫉妒债务的得偿，但是会嫉妒别人得到奖赏和优厚的赠礼。而且，嫉妒总是伴随着和自己的比较，没有比较就没有嫉妒，所以只有国王才会嫉妒国王。

然而，可注意的是无德无能之人在首次跻身于显赫地位之时最受人嫉妒，之后日子就会好过一些。相反，有德有才之人在爵禄长盛不衰时最受嫉妒。因为到那时，尽管他们还是有同样的长处，但已不再有同样的光彩。后起的新人已使他们黯然失色。

有贵族血统的人在高升时较少受人嫉妒，因为这看上去是他们天生的一种权利。况且，这对他们的好运似乎并没有增加多少。嫉妒就像是日光，照在陡坡峻坂之上时要比照在平地上热得多。因为同样的道理，那些依流平进的人，也比那些平步青云、越级升迁的人要少受嫉妒。

那些经过艰苦的工作、烦劳与冒险才获得荣誉的人，较少受嫉妒。因为人们认为他们的荣誉得来不易，有时还会怜悯他们，而怜悯总是能消除嫉妒。因此你会看到那些比较深沉严肃的政客，位高权重却总是在自嗟自叹，唱着“我的日子有多苦”的调子。并不是他们真的觉得苦，只是为了减轻别人的嫉妒。但人们能体谅的是他们被加在身上的任务，而不是他们自己招来的事情，因为没有比野心勃勃地包揽各种不必要的事务更惹人妒忌的了。

身居高位者如能保留所有下属充分的权利和应有的责任，那就能最好地消除妒忌，因为这意味着他在自己和妒忌之间树立起了许多道屏障。

最后，最招人嫉妒的，是那些富贵而傲慢自大的人。他们只有在炫耀富贵，大摆排场，或者压服所有反对者和竞争者的时候，才感觉舒服。而明智的人，却愿意为嫉妒作一些牺牲，在一些无关紧要的事情上，存心让自己受阻挠或被挫败。

虽然以上的说法是正确的，但以平易坦荡（不带傲慢虚荣）的态度，而不是以诡诈狡猾的态度身居高位，要较少引人嫉妒。人如果采取后一种态度，就等于否认自己的幸运，好像是觉得自己不配享受荣华富贵似的。这等于是教别人来嫉妒自己。

最后，是这一部分的结论。如在开头所说，嫉妒的行为中有些妖术的成分。所以要疗治嫉妒，只能用疗治妖术的方法，也就是说，移除（人们所说的）魔咒，把它转移到别人身上。为达此目的，大人物中比较聪明的，常常会找一个人来出头露面，把本来会针对他们的嫉妒，转移到他的身上。有的时候是转移到侍从和仆人身上，有的时候是转移到同僚、同事的身上，以及其他类似的人物。从来也不缺生性鲁莽、躁进的人物，来充当这样的角色。只要能获得权力和官职，他们愿意付出一切代价。

现在来谈谈公妒吧。公妒还是有一些益处的，而私妒则一点益处也没有。因为公妒就像是暂时的放逐，让权势变得太大的人隐退。所以，公妒也是一种对大人物的约束，让他们循规蹈矩。

这种嫉妒，在拉丁语里叫作invidia，在现代语言里被称为“不满”，这一点我们在讨论“叛乱”时再谈。在一个国家里，这是种像传染病一样的疾病。传染病传染给健康的身体，使其腐坏；而国家一旦产生公妒，再好的措施也会被诋毁，被冠以恶名。这时再掺和上一些善政，也于事无补，因为这正好证明了施政者的软弱无能，害怕不满。这带来的坏处更大。发生传染病时也是这样。你害怕它，就是招它上身。

公妒似乎主要针对的是身居要津的官员和大臣，而不是君主和国家。但是有一条可靠的规律，那就是如果对一位官员的不满很严重，而在他身上引起不满的原因却很轻微；或者是对一个国家的大臣普遍都有不满，那么这不满（尽管是隐蔽的）就确实是针对国家的了。关于公妒或不满，还有它与私妒的区别，就谈到这里。私妒已在文章开头论述过。

关于嫉妒这种情感，我们再补充一点。在所有情感中，嫉妒是最强烈和持久的。其他情感的起因是偶尔出现的，而有话说得好："嫉妒从不休假。"[12] 嫉妒总是会找到这个或那个对象。

人们还注意到，爱情和嫉妒会使人憔悴，而其他情感不会，因为它们没有那么持久。嫉妒也是最卑鄙、最堕落的情感，所以它是魔鬼的固有特性。魔鬼被称作"好妒者，夜晚在麦田里播种杂草"。嫉妒总是狡猾地在暗中行事，破坏像麦子这样的美好事物。

12 原文为拉丁文Invidia festos dies non agit。

10

论爱情

舞台要比人生更受惠于爱情。因为在舞台上，爱情总是喜剧的素材，有时还是悲剧的素材。但在人生中，爱情有时像魔女塞壬[1]，有时像复仇女神[2]，带来不少的祸害。

你可以看到，在所有伟大和优秀的人物中，不管是古代的还是现代的，只要英名尚存，没有一个曾被爱情弄到丢魂落魄的地步。这说明，优秀的人物和伟大的事业是排除这种反复无常的激情的。

但曾统治过半个罗马帝国的马克·安东尼[3]和曾任罗马立法官和十大执政官之一的阿皮亚斯·克劳迪斯[4]是例外。前者确实是

1 Syren，传说中半人半鸟的女妖，其歌声会使海员听了发狂。

2 Furies，希腊神话中的惩恶女神，鸟翼蛇发，人见之发狂。

3 Marcus Antonius（前82—前30），曾与屋大维平分罗马帝国的统治权。他后来迷恋埃及女王克丽奥佩特拉，生活放荡无度。前31年他麾下的军队和埃及海军在海战中大败于屋大维，次年安东尼自杀。

4 Appius Claudius（前471—前451年任罗马十大执政官之一）在任执政官期间用计夺取百夫长维奇涅斯的女儿维奇妮娅，维奇涅斯杀死女儿以保其贞节，并率众推翻执政，克劳迪斯被杀。

放荡纵欲之徒，后者却是严肃明智的人物。

由此可见，

> 爱情不但可以进入敞开的心胸，
> 如果看守不紧的话，
> 也可以进入壁垒森严的心灵
> （尽管这不常发生）。

Rising Road 1881

[法] 古斯塔夫 · 卡耶博特 Gustave Caillebotte

伊壁鸠鲁有一句错误的格言："每个人对他人来说都是一出够大的戏。"[5]就好像生来本该仰观天穹和其他高贵物体的人类，只能跪在一尊小小的偶像前面，不是像野兽那样做口腹的臣仆，而是做眼睛的臣仆。人有眼睛是为了做更高贵的事的。

爱是种过度的激情，因此它夸大了事物的性质和价值，这一点是很奇怪的。只有在爱情中，才适合一直用夸张法说话。不仅在言语上。[6]昔人说得好："最大的马屁精，所有的小马屁精都跟他互通声气的，就是人自己。"但爱人是最大的马屁精。即便是最自傲的人想他自己，也没有爱人把他所爱的人想得那么好。有句很好的谚语，"在恋爱中保持明哲是不可能的"[7]。

热恋者的这一缺点也不是只有他人看到，被恋者看不到；其实被恋者看得尤其清楚，除非他也爱着对方。爱情如果不能得到对方的回报，就会得到对方内心隐藏的轻蔑，这是条准确的规律。

对这种激情，人真应该多加小心，因为它不但会让人失去许多东西，甚至失去爱情本身。至于其他的损失，诗人的故事

5 原文为拉丁文Satis magnum alter alteri theatrum sumus。

6 培根的意思是在思想上也是。

7 语出普布里乌斯·塞勒斯（Publilius Syrus，活动于前1世纪的拉丁文作家，原为叙利亚人，后被带往意大利）《格言》。

描述得很好：喜欢海伦的，就放弃了朱诺和帕拉斯的礼物。[8]无论是谁，过分重视钟爱之情，就放弃了财富和智慧。

这种情感，正是在人软弱的时候泛滥，也就是在人好运当头和身处逆境的时候。后一种情形较少有人注意到。这两种情形都会激起爱情，并使之变得更为热烈：这更证明了爱情是愚蠢的结果。

不得不接受爱情，但让它处于合适的位置，并且把它和生活里的严肃事务和行动全然分开：这样做的人，是处理得最好的。因为爱一旦干扰了正事，就会扰乱人的生活，使他们不能不懈地追求自己的目标。

军人总是多情，我不懂这是为什么。我想，这跟他们好酒的原因一样。冒险总是要求享乐作为回报。

人的天性中，有爱人的隐秘倾向和冲动。如果它不消耗在某个或某几个人身上，自然而然就会普及众人，使人变得仁爱慈悲。这一点在有些修士身上就可以看到。

婚姻之爱使人类繁衍；朋友之爱使人完善；但放荡之爱使人堕落，变得下贱。

8 指罗马诗人奥维德曾在作品中写到的神话故事：天后朱诺、智慧女神帕拉斯（也即雅典娜）和爱神维纳斯争夺刻有“给最美者”字样的金苹果，特洛伊王子巴里斯被选为裁判，三位女神分别以权力、智慧和最美的女人海伦贿赂他，最后巴里斯选择了海伦。

11

论高位

身居高位者，是三重的臣仆：君主或国家的臣仆；声名的臣仆；事务的臣仆。所以他们毫无自由：既没有人身的自由，也没有行动和时间上的自由。追求权力却失去自由，或者说追求控制别人的权力却失去控制自己的权力，这真是种奇怪的欲望。

升到高位之路是艰辛的；然而在历经辛劳之后，人所面对的是更大的辛劳。有时还必须做可鄙的事，通过卑污达到尊荣。然而尊贵之地是很滑溜的，后退往往是沉重的坠落，至少也会是突然的失势，这是很可悲的。

“你已非昔日的你，你还有什么活下去的理

由呢？”[1]可是，人在想隐退的时候却不能隐退，在该隐退的时候又不愿意隐退了。即便在既老且病，需要静养之时，仍不甘寂寞。就像城镇里的老人一样，总是坐在街门口，徒然被人嘲笑其衰老而已。

显然，身居高位者需要借用别人的观点，才能以为自己是快乐的；如果依据自己的感觉来判断的话，他们根本找不到快乐。但如果他们用别人看他们的方式来看自己，想到其他人很愿意身处他们的地位，那他们就因别人的说法而感觉快乐了，尽管他们内心的感觉是相反的。因为他们最先感受到自己的哀伤，尽管他们总是最后才发现自己的错误。

无疑，显贵之士对自我很陌生。他们在忙于公务之时，对自己身体和心灵的健康都无暇关注。“他举世皆知，对自己却一无所知，死亡的到来对他特别沉重。”[2]

身居高位者有为善和作恶的机会，而后者是祸根。就作恶而言，最好的状况是不愿为；其次是不能为。但正确与合理的抱负的目的应当是为善的权力。因为对人的美好意愿（虽然为上帝所赞许），如不能

1 原文为拉丁文Cum non sis qui fueris, non esse cur velis vivere。见西塞罗《致友好书信集》第7卷第3篇。

2 原文为拉丁文Illi mors gravis incubat, qui notus nimis omnibus, ignotus moritur sibi。引自塞内加的悲剧《提埃斯特斯》第2幕第401 — 403行。

Man On A Balcony,Haussmann 1880
[法]古斯塔夫·卡耶博特 Gustave Caillebotte

付诸实行，比美梦好不了多少。而要实行就要有权力和地位，以便发号施令。

立德行善是人的活动的目的；意识到自己完成了这两个使命，才能实现人的休息。人如果能参与到神的善行的展示中，那么他也将分享到上帝的安息。[3]“神看着一切所造的都甚好”[4]，然后就是安息日了。

在履行职责的时候，
要把最好的榜样放在自己的面前，
因为模仿中包含着一套完整的准则。

一段时间之后，再把你自己放在面前，严格检查你是否最初就有上佳表现。不要忽视那些犯有过失的前任的榜样；不要通过贬损他们来抬高自己，而是要引以为戒。

因此，可以改弦易辙但不要大吹大擂，或宣扬前代和前任的丑闻。先要确定哪些是好的先例，然后萧规曹随。回到原初的制度，观察它是在哪儿和怎样开始败坏的。要从古代和当代都获取教益：向古代了解什么是最好的；向当代了解什么是最合适的。

3 指上帝在创世之后的第七日的休息。

4 原文为拉丁文 Et conversus Deus , ut aspiceret opera quae fecerunt manus suae , vidit quod omnia essent bona nimis。见《圣经·旧约·创世记》第1章第31节。

做事要有常规，让人事先能有思想准备，不要太独断专横。在不按自己的常规办事时，要好好解释。

要维护好自己的职权，但不要挑起关于管辖范围的争议。最好是不声不响地行使事实上的权利，而不要公然地声讨、质疑。同样也要保护好下属的权利；居中指挥，而不是事事亲力亲为，并将此视为更大的荣誉。

在行使自己的职务时，要欢迎并邀请别人帮忙和提出建议。不要把带消息给你的人当作管闲事的拒之门外，而要热情接待。

当权者的恶习主要有四种：拖延、腐败、粗暴和容易受说情影响。

对付拖延的办法：要让人易于进见；遵守规定的时限；完成手上的公务，不要插进去其他的事，除非是急迫的要务。

防止腐败的方法：不仅要绑住自己的手和仆人的手，不要收受贿赂，还要绑住那些关说的人的手，使他们不能贡献财物。奉行廉洁，就能做到第一点；昭示操守，对贿赂公开表示厌恶，就能做到第二点。

不仅不能犯受贿的错误，还要避免受贿的嫌疑。无论是谁，只要反复无常，没有明白的原因就公然改变了决定，就会招致腐败的怀疑。所以，在你改变意见和做法的时候，一定要明白地承认、公开地宣布，还要说明让你改变的原因，不要想偷偷摸摸地去做。

一个仆人或心腹，如果没有其他明显的值得受尊重的原因却深受宠信，就会被人看作是一条隐秘地进行贿赂的渠道。

至于粗暴，它会无谓地引起不满。严厉会使人畏惧，但粗暴会让人怨恨。即便是居上位者对下属的责备，也应措辞庄重，而不能语带讥嘲。

至于容易受说情影响，这比收受贿赂还要坏。因为贿赂只是偶尔才有，但如果一个人被说情和琐碎的照顾要求拖着鼻子走的话，他就永远无法摆脱。所罗门说得好："看人的情面，乃为不好；人因一块饼枉法，也为不好。"[5]

古人说得好：

"身居**高**位，会让人显出本色。"

有的人会比原来更好，有的人会比原来更糟。塔西佗曾这样评论加尔巴："如果他从未做过皇帝，大众会一致地说他是适合做皇帝的。"[6]关于韦斯巴芗，塔西佗却这样说："统治帝国之后变得更好的皇帝，只有韦斯巴芗一人。"[7]不过他前一句话说

5 见《圣经·旧约·箴言》第28章第21节。

6 原文为拉丁文Omnium consensus capax imperii, nisi imperasset。见塔西佗《历史》第1卷第49章。加尔巴在68年即皇帝位，不到一年就被杀。

7 原文为拉丁文Solus imperantium, Vespasianus mutates in melius。见塔西佗《历史》第1卷第50章。

的是加尔巴治国的能力，后一句说的是韦斯巴芗的风度和与人为善。

有声名后道德更进的人，必有一颗高尚而仁慈的心。声名本为或应为才德之士所居。正如世间万物剧烈地向它们的位置运动，一旦到位之后即稳定下来，才德之士在施展抱负时言行激烈，但获得高位后就会安定下来。

升到高位，就像是走一道螺旋形的楼梯。如有派系存在，那么可以在职位上升时加入某一派系，而在获得高位后保持中立。公正而小心地对待你前任的名声；因为如果你不这么做，这笔债在你离职后一定会要你偿还。

如果你有同僚的话，要尊重他们，即便在他们并不期待你找他们商量的时候，也要这么做，而不是在他们有理由期待你征询他们的意见的时候，还把他们排除在外。

在谈话和私下答复说情者的时候，不要太自高自大；要让人们这么说："他在履行职务时，就像是换了一个人。"

12

论大言不惭

以下是语法学校里的一段老套的课文，但还是值得智者深思。有人问狄摩西尼[1]："演说家最主要的技巧是什么？"他答道："动作。""其次呢？""动作。""再其次呢？""还是动作！"说这话的人是最了解演说的，而且在他所强调的技能上没有天生的优势可占。[2]

动作在演说家的技巧中不过是肤浅的一种，说是演员的技巧更合适，却被放在那么高的位置，比其他那些高级的技巧如创造性、发声法等更高；简直就好像它是一切，只有这一种技巧，这真是件奇怪的

1 Demosthenes（前384—前322）：古雅典最著名的演说家。

2 据说狄摩西尼天生口吃、气短、声弱，最后通过训练克服了所有这些不足之处。

Head Against the Light

[意]翁贝托·薄邱尼 Umberto Boccioni

事，但理由是显而易见的。总的来说，在人性中愚蠢的部分要超过明智的部分；因此，能吸引人的头脑中愚蠢部分的那些技能，才是最强有力的。

在公共事务上，情形也是极相似的：第一重要的是什么？大言不惭；第二和第三重要的是什么？还是大言不惭。其实大言不惭不过是无知和卑贱的产儿，比其他能力要低贱得多。但大言不惭之徒还是能蛊惑那些要么见识短浅、要么胆小怯懦之人，绑住他们的手脚，而这些人是民众中的大多数；他们甚至能在明哲之士软弱的时候压倒他们。

所以我们看到，大言不惭在民主国家可以起到奇迹般的效果，但在元老院和君主那里就没那么见效了。它尤其在大言不惭之徒刚进入政坛时有效，之后不久就没那么有效了，因为他们很难兑现承诺。就像给人体治病的有江湖郎中，给国家解决问题的显然也有江湖郎中。这些人口称能包治百病，也许还在试验中幸运地治好了两三个人，可是因为缺乏学理上的依据，所以疗效是不可能持久的。

这些人承诺了能成就大事，但在可耻地失败之后（如果他们是彻头彻尾的大言不惭之徒的话）就轻飘飘地说几句，转移个话题，然后就啥事也没有了。

在判断力强的人看来，大言不惭之徒就是个笑话；即便在平民百姓看来，他们也是有些荒唐的。如果说荒唐是人们的笑料的话，那么不必怀疑，大言不惭之徒很少没有些荒唐之处的。他们出洋相的时候，看起来尤其好笑；这时他们的脸变得皱缩呆板。这是必然的，因为知羞的人精神有起伏，而大言不惭之徒碰到类似的情形则

[奥] 埃贡·席勒 Egon Schiele

呆若木鸡。就像下棋时被逼和，虽然王棋没有被将死，这盘棋是没法下下去了。但最后这一点更适合写进讽刺文章，而不是作为严肃的评论。

> 大言不惭之徒总是盲目的，看不见危险和麻烦。

这一点要加以考虑。所以，在商议的时候不能听他们的意见，但在执行决议的时候可以派他们用场。对他们要使用得当，绝对不能让他们独当一面，只能做副手，听别人的指挥。因为在商议时能预见危险是好的，在执行时则不能顾虑太多，除非危险很大。

13

论善与性善

Children in the Sea 1909

[西]华金·索罗拉 Joaquín Sorolla

我所取的善的定义，是追求人的福利，也就是希腊人所说的“爱人”[1]，而“人道”[2]这个词（按它通常的用法）用来表达这意思太轻了一点。

1 原文为Philanthropia。

2 原文为英文humanity。

> 我把善称为习惯，性善称为天性。它是心灵的所有品质中最强大和最高尚的，

因为它是神性的表现：

> 没有善，人就是种爱管闲事、好恶作剧、无耻可厌的生物，比害虫害鸟好不了多少。善符合神学上所说的美德“仁爱”，只会有错误，但不会过度。

对权力的过度欲望导致了天使的堕落，对知识的过度欲望导致了人类的堕落；但在仁爱上没有过度，不管是人类还是天使，都不可能因它而遭受危险。

为善的倾向是深深地印刻在人的天性上面的，以至于如果不表现在对人的态度

上，就会表现在对其他生物的态度上。这一点在土耳其人身上就可以看到。这是个残忍的民族[3]，对禽兽却很仁慈，会施食给狗和鸟类。据布斯贝切斯[4]记述，君士坦丁堡的一个信基督教的男孩因恶作剧，堵住了一只长喙鸟的嘴，结果差点被人用石头砸死。

确实，在善和仁爱上是有可能犯错误的。意大利人有一句不太宽厚的谚语，说一个人“太善良了，以至于无善可言”[5]。意大利的一个有学问的尼科洛·马基雅维利[6]则大胆地，几乎是直截了当地写道：“基督教信仰使善人成为残暴不公者的俎上鱼肉。”[7]他这样说，是因为没有一种法律、教派、学说，像基督教那么推崇善。因此，为了避免行善的错误给基督教的名声带来的破坏和危险，最好了解一下如此卓越的一种习惯所可能犯的错误。

我们要努力利人，但不要为人们的面貌或一时的妄想所奴役，因为这只是软弱与过分的随和，会使一个诚实的心灵成为囚徒。也不要给伊索的公鸡[8]一颗宝石，给它一粒麦子它会快乐和幸福很多。

3 中世纪与文艺复兴时期，土耳其人长年与欧洲的基督教国家处于战争之中，故被视为残酷。

4 Busbechius，即 Ogier Ghiselain de Busbecq（1522 — 1592），佛兰芒外交官与旅行家，曾长驻土耳其宫廷，其书信集出版于1589年，里面记录了许多土耳其人善待动物的逸事。

5 原文为意大利文。

6 即Niccolò Machiavelli，意大利文艺复兴时期的外交官、政治家、历史学家、哲学家和人文主义者，常被称为现代政治学之父。著有《君主论》《佛罗伦萨史》和《论李维》等书。

7 此语见于马基雅维利《论李维》。

8 培根在这里记忆有误，其实是菲德若斯（Gius Julius Phaedrus，生活于1世纪的罗马寓言家，并曾把伊索的寓言改写成拉丁韵文）的寓言中的公鸡。

上帝的榜样给了我们最好的教训："他叫日头照好人，也照歹人；降雨给义人，也给不义的人。"[9]但上帝并不平均地降给人财富，也不平均地分给人荣名和长处。普通的利益可以所有人均沾，但特殊的利益就只有挑选出来的少数人可以享有。

要当心的是，不要在画完像之后，把原型给毁了。神创造的我们对自己的爱就是原型；我们对邻人的爱只是画像。"去变卖你所有的分给穷人……你还要来跟从我。"[10]但除非你要来跟随我，不要把所有的家产都变卖了。也就是说，除非你得到神召，有很少的财产，也能做出和有很多财产一样多的善事，不然的话，你卖光家产分给穷人，就是为了注满小溪而竭尽了泉流。

不仅仅存在着由健全理性指导的善的习惯，在有些人身上，甚至在人的天性里，还存在着向善的倾向。正如从另一方面来说，也存在着作恶的倾向。在有些人的天性中，有不愿别人得到福利的倾向。作恶的天性中较轻的，只是表现为乖戾、执拗、难相处、好跟人作对，等等。严重的则表

9 见《圣经·新约·马太福音》第5章第45节。

10 见《圣经·新约·马可福音》第10章第21节。

现为嫉妒和真正的伤害。

这种人总是幸灾乐祸，总是落井下石，连给拉撒路舔疮的狗也不如。[11] 他们就像总是在伤口处嗡嗡叫的苍蝇；又像那些惯于带人到可以上吊的粗枝下的“恨世者”，但却不像泰门那样，在庭院里种一棵派这用场的树。[12]

这样的性格是人性中的畸形，但却是做大政客最合适的材料；就像扭曲的木材适于制作注定要备受颠簸的船，却不适于用来建造岿然挺立的房屋。

善的品质和表现有许多。如果一个人对外乡人亲切有礼，这表明他是一个世界公民，他的心不是与别的陆地隔离开来的孤岛，而是一片连续的大陆。如果他对别人的苦痛怀有同情，这表明他的心就像是那种高贵的树，为了奉献香膏，必须自己受伤。[13]

如果他轻易就原谅或宽恕对他的冒犯，这表明他的心已经超越了伤害，所以不可能受损。如果他对滴水之恩都心怀感激，这表明他看重的是人的心意，而不是金钱。但最重要的是，如果他有圣保罗的完美品

11 见《圣经·新约·路加福音》第16章第21节。

12 可参见普鲁塔克《泰门传》，和莎士比亚所作的悲剧《雅典的泰门》第5幕第2场。

13 指普林尼在《博物志》一书中写到的没药树，采药者割破树皮，使树脂流出，干燥结晶后即为没药。

The Sisters 1885
[美]玛丽·卡萨特 Mary Cassatt

德，为救自己的兄弟而愿受基督的诅咒，[14]这表明他有不少的神性，与基督有契合之处。

14 见《圣经·新约·罗马书》第9章第3节："为我弟兄、我骨肉之亲，就是自己被咒诅，与基督分离，我也愿意。"

14

论贵族

我们先把贵族作为国家的一个阶层，然后再把它当作个人的身份来讨论。

完全没有贵族的君主制，只是绝对的专制，比如土耳其人的制度。因为贵族节制了君权，并且部分转移了民众对王族一系的关注。

但是对民主国家来说，它们不需要贵族。相比有贵族世家的国家，它们总的来说更安宁，较少受叛乱的滋扰。因为人民的眼睛盯着的是公共事务，而不是人；即便盯的是人，看的也是谁最适合主持公共

事务，而不是纹章和家世。

我们看到，尽管瑞士有许多的州，宗教也多样，却国泰民安，因为维系他们的是共同的利益，而不是对某些个人的尊崇。低地国家的联省政府[1]治国有方，因为在有平等的地方，政府的决议更公正，人民也更乐意缴纳税赋。

有一个强大而有权势的贵族阶层能增加君主的威严，但会削弱君主的权力；给民众注入生气和活力，但会榨取他们更多的财富。理想的状态是，贵族的势力没有

1 指荷兰共和国，尼德兰北方七省脱离宗主国西班牙后建立的世界上第一个共和国。

Lighthouse walk at Biarritz 1906
[西]华金·索罗拉 Joaquín Sorolla

大到对君主来说尾大不掉，或踞于法律之上，但又保持一定的尊贵地位，这样就能在下民的无礼行为干犯到君主的威严之前，先将其粉碎。

一个国家的贵族人数太多，会引起穷困和麻烦，因为他们的开销是一笔额外的费用。而且，许多贵族迟早会家道中落，造成爵位

和财产不相称的局面。

再来谈谈贵族的个人。看见一座没有破败的古老城堡或建筑，与看见一株枝繁叶茂的美丽乔木一样，都让人肃然起敬。然而目睹一个古老的贵族世家抵挡住了岁月的沧桑和风雨的打击，岂不更让人敬重！因为新贵族只不过是王命所封，而旧贵族则是时间造就的。

那些新晋贵族总的来说更强而有力[2]，但没有他们的后代那么清白无罪，因为能够腾达的人，很少不是良谋和奸计并用的。但后代只记住了他们的长处，其缺点已随斯人而逝，这也是合情合理的。

贵族出身者多进取心不强。但进取心不强的人，会嫉妒进取心强的。而且，贵族的上升空间不大。在原位升不上去的人，看见别人晋升，很难避免产生嫉妒。但另一方面，贵族出身能消灭别人对他们的嫉妒，因为他们本来就拥有爵位。

显然，在贵族中如有才士，君主差遣他们，就会比较省力，公事也会办得更加顺利。因为他们似乎生来就是发号施令的，百姓会自然而然地顺从他们。

Ball at the moulin de la galette 1876
[法]奥古斯特·雷诺阿 Auguste Renoir

2 强而有力的原文是virtue。这里培根用的是意大利文virtù一词在文艺复兴时的意义，即strong，指的是身体和心灵力量的强大。

15

论叛乱与骚动

百姓的牧养者应该了解历书上多暴风雨的季节。正如自然界中的暴风雨在昼夜平分之时最大，人事上的暴风雨也在社会各阶层的力量不相上下时最大。正如在暴风雨来临前有风的呼啸和海上的暗流涌动，骚动来临之前在一个国家里也有各种征象：

> 太阳经常会警告我们，
> 潜伏的骚乱就要来临，
> 欺骗和隐秘的战争正在酝酿。[1]

Signaling the Main Command 1885
[西]华金·索罗拉 Joaquín Sorolla

1 原文为拉丁文Ille etiam caecos instare tumultus/Saepe monet, fraudesque et operta tumuscere bella。见维吉尔《农事诗集》第1卷第464－465行。

人们频繁与公开地对国家进行毁谤，发表放肆的言论；类似地，对国家不利的假消息四处传播，并且马上被人相信，这些都是骚乱的征兆。维吉尔[2]在叙述谣言女神的家世时，说她是巨人们的妹妹：

（根据传说）地母因为恼恨众天神，
最后生下了谣言，
她是可亚斯和安塞拉都斯的妹妹。[3]

维吉尔这样说，好像谣言是以往的叛乱的遗留似的，其实谣言也是将来的叛乱的前奏。但维吉尔说的也是对的，即叛乱的骚动和煽动叛乱的谣言只有兄妹和男女之间的差异。[4]尤其是情形到了这样一种地步，即国家最好、最值得称道、最该赢得民心的措施，也被歪曲和加以恶意的解释。这表明，民众的不满已很强烈。正如塔西佗所说："民众的不满一旦被激起，不管是好的还是坏的措施都会受到攻击。"[5]

但这并不意味着，因为谣言是骚动的征兆，用极其严厉的手段来压制谣言，就能防止变乱。对谣言表示蔑视，这是最好

2 Virgil（前70—前19），古罗马诗人。

3 原文为拉丁文Illam Terra parens, ira irritate Deorum, Extremam（ut perhibent）Coeo Enceladoque sororem Progenuit。出自维吉尔《埃涅阿斯纪》第4卷第178—180行。Coeus和Enceladus都是希腊神话传说中地母所生的巨人。

4 希腊神话中，泰坦巨人曾与奥林匹斯诸神大战十年，最后后者得胜。

5 原文为拉丁文conflata magna invidia, seu bene seu male gesta premunt。此语出自塔西佗《历史》第1卷第7章。

的抑制谣言的方法。四面出击去扑灭谣言，反而会使公众对它维持更长时间的兴趣。

还有塔西佗所说的那种“服从”，也该加以怀疑：“他们虽在服役，但更乐于解读将军的命令，而不是执行它们。”[6]争辩、寻找借口、对命令和指示借细故加以抗拒，都是摆脱羁绊、违抗上命的尝试。尤其是，在争辩之中，主张服从的说话忐忑小心，主张违抗的说话却大胆放肆的时候。

马基雅维利有一点说得极好，即君主们本应做全体百姓的父母，如果他们加入一党，偏向一方，那么就像一艘两边载重不平均的船，最终必将倾覆。[7]

法国亨利三世[8]统治的时代就是一个很好的例子。亨利三世先是加入了“联盟”[9]以消灭新教徒，但之后不久“联盟”就反过来把矛头对准他了。如果存在着比君主的至高无上的权力更紧密的纽带，君权成了某一事业的从属物，那么君主就开始失势了。

公开地、放肆地争吵冲突、拉帮结派，这是人们已失去对政府的敬畏的征兆。因为政府里的大员的行动，应该就像是（根据旧的理论[10]）在“首动者”推动下的行星

6 原文为拉丁文Erant in officio, sed tamen qui mallent mandata imperantium interpretari quam exequi。见塔西佗《历史》第2卷第39章。

7 参见《论李维》第3卷第27章。

8 Henry the third of France（1551 — 1589），1574年即位为法国国王。即位后面临国内天主教徒和新教徒之间的纷争。1589年死于一个狂热天主教徒的谋杀。

9 即“天主教联盟”，又称“神圣联盟”，为法国吉斯公爵亨利一世所发起。吉斯公爵以此为工具，不仅试图消灭新教的胡格诺派，还试图篡夺法国王位。

10 指古希腊天文学家托勒密的学说。培根对托勒密的学说和哥白尼的学说都不全然接受，认为两者都未得到证明。

的运动，即每颗行星都在最高动力的推动下快速地公动，同时又在缓缓地私动。[11] 因此，当大人物们"私动"过于剧烈，就如塔西佗所说："放肆得忘记了谁是他们的主公。"[12] 这是行星越出了轨道的征象。敬畏本来是上帝授予君主的，所以他威胁说要予以解除："我也要放松列王的腰带。"[13]

因此，当政府的四大支柱（宗教、司法、议政[14] 和财政）都受到严重动摇或削弱的时候，人们就只能祈祷好运了。然而，让我们暂且搁下关于叛乱预兆的讨论（关于这一点，下文还是会有所启发），先谈一谈引发叛乱的实质上的原因[15]，然后再谈一谈引发叛乱的直接动因[16]，最后谈一谈补救的方法。

引发叛乱的实质上的原因，是值得详加思考的，因为防止叛乱最有效的方法（如果时势容许的话），就是消除这些原因。因为如果有现成的燃料，很难预测从哪里会迸出一颗火星，将它点燃。

引起叛乱的原因分两类，极度的贫困和严重的不满。可以确定的是，有多少人破产，就有多少人会支持动乱。卢坎[17] 精

11 旧派天文学将宇宙分为几重天球，都以地球为中心。最外面的一重天球为"首动者"，一天绕地球旋转一周，并以其转动带动其他数重天球的转动。这种"公动"较为迅速。同时，其他几重天球也有自己的和缓的"私动"。以此来解释相对于恒星，行星在天空中貌似"不规则"的运动轨迹。培根在这里是以天文作类比，说政府大员应该急于为公，缓于为私。

12 原文为拉丁文 liberius quam ut imperantium meminissent。见塔西佗《编年史》第3卷第4章。

13 原文为拉丁文 Solvam cingula regum。见《圣经·旧约·以赛亚书》第45章第1节。

14 council，指枢密院等给君主提出施政建议的机构。

15 原文为 materials 即 material cause，亚里士多德提出的四种原因之一，指的是由组成变化或运动中的事物的物质决定的变化或运动的方面。这里意译为"实质上的原因"。

16 原文为 Motives 即 efficient cause，也是亚里士多德提出的四种原因之一，指的是跟正在运动或变化的东西分开的事物，但是跟它相互作用，造成它的变化与运动。

17 Lucan（39 — 65），古罗马诗人。

彩地描述了内战前罗马的情形：

> 于是产生了贪婪的高利贷，和以复利计算迅速增加的利息，
>
> 于是信用被动摇，战争也变得对许多人有利。[18]

这“对许多人有利”的战争，是国家正濒临叛乱与骚动的确定无疑的征兆。如果上层阶级的贫困破产和下层阶级的饥寒交迫结合起来的话，那么巨大的危险已经临近了。因为由饥饿引起的叛乱是最严重的。

至于不满，它在国家里就像人体中不平衡的体液，是会引起上火发烧的。

君主千万不可根据这不满是否有正当的理由，来衡量它危险的程度。这是把民众想象得太理智了；其实他们常常会拒绝对自己有利的东西。当恐惧大于实际的感觉时，那种不满是最危险的：“痛苦还有终止的时候，恐惧没有。”[19]

况且，在沉重的压迫之下，那些让人忍耐的东西，同样也会压倒勇气。但在恐惧中则不然。君主和国家在面对不满时，

18 原文为拉丁文Hinc usura vorax, rapidumque in tempore foenus,Hinc consussa fides, et multis utile bellum。引自卢坎的叙事诗《法萨利亚》第1章第181—182行。

19 原文为拉丁文Dolendi modus, timendi non item。出自古罗马作家小普林尼(61—113?)《书信集》第8卷第17封。

都不能因为不满已频繁发生或长期存在，然而没有发生任何危险而心存侥幸。

当然，不是每一股瘴雾都会变成暴风雨的，很多时候它们都会消散；但暴风雨终有可能降临。有一句西班牙谚语说得好：“绳子总是断于最轻的一拽。”

引发叛乱的直接动因，则包括宗教上的改革、税收、更改法律和习俗、褫夺特权、对民众的普遍压迫、小人得势、异邦入侵[20]、饥荒、被解散了的士卒、已到你死我活地步的派系斗争，以及任何冒犯民众、使他们为了一个共同的目标而联结起来的事物。

关于补救方法，我们会讨论一些一般性的预防措施。至于对症的治疗，那要看具体的疾病，必须斟酌处理，不能一概而论。

第一个补救方法，是用一切可能的手段，来消除我们刚才谈到的引发叛乱的实质上的原因，那就是国家的贫困与匮乏。为达到消除短缺与贫困的目的，就必须开放贸易，维护好贸易的平衡；爱护制造业；

20 指民众因外国人经商获利而产生的嫉妒与不满。

The Sailers at Ouistreham 1931
[法]路易斯·华塔特 Louis Valtat

放逐游手好闲者；通过禁奢令来约束浪费和奢侈；改良土壤与耕作；控制物价；减轻税赋，等等。

总的来说，必须规定一个王国的人口（尤其在没有因战争而大幅减少的时候）不能超过该国的出产所能供养的人数。人口也不能只看人数。人数虽少，但入不敷出，要比人口虽多，但生活水平低，积蓄多，更能拖垮一个国家。因此，贵族和其他有爵位的人数增加，与平民人口的数量不相称，会很快把一个国家带入贫困。僧侣阶层变得过大也是同样，因为他们不事生产。此外，如果培养出的学者多而职位少，也会带来类似的问题。

同样需要记住的是，一个国家财富的增加总是来源于外国人（任何东西总是有人得到必有人失去），而只有三样东西是一个国家可以卖给另一个国家的：自然的出产、制成品和运输。如果这三个轮子都转起来，那么财富就会像春天的潮水一样滚滚而来。很多时候，“手艺的价格超过了材料”[21]。工艺和运输比原材料更值钱，更能让一个国家富裕起来。低地国家[22]的人就

21 原文为拉丁文 materiam superabit opus。出自古罗马诗人奥维德《变形记》第2章第5行。

22 包括今天西欧的荷兰、比利时、卢森堡这些区域。

是最好的例子，他们有世界上最好的地上矿藏。[23]

最为重要的是，要采取好的政策，不让一个国家里的珍宝和金钱聚集到少数人的手里。不然的话一个国家即便有很多的财富，人民仍会饿死。金钱就像粪肥，只有撒开才有功效。做到这一点，主要靠禁止或至少是严格控制高利贷、垄断贸易和大范围的圈地等弱肉强食的做法。

至于消除不满，或至少是消除不满带来的危险，（我们知道）每个国家都有两类臣民，贵族和平民。如果只有其中之一心怀不满，危险还不大。因为如果没有上层阶级挑唆的话，普通民众行动迟缓；而上层阶级力量单薄，除非民众已准备有所行动。

于是就有这样一种危险，即上层阶级等到下层民众的池水被搅动之后[24]，才公开表露他们的不满。诗人们[25]杜撰说，朱庇特手下的诸神想把他捆绑起来，他听说之后，采纳了帕拉斯的建议，叫来了百手的布里亚柔斯[26]帮忙。这无疑象征着，君主确保民众对他的善意，是多么地有助于他自己的安全。

23 指工艺和运输。

24 搅动池水的比喻，见《圣经·新约·约翰福音》第5章第2－4节："在耶路撒冷，靠近羊门有一个池子，希伯来话叫作毕士大……因为有天使按时下池子搅动那水，水动之后，谁先下去，无论害什么病就痊愈了。"

25 见荷马《伊利亚特》第1卷第396－406行。但在《伊利亚特》中，是西蒂斯（Thetis），而不是帕拉斯，叫来了布里亚柔斯。

26 Briareus，一个有百手的巨人，曾帮助朱庇特大战泰坦巨人。

给民众适度的自由，让他们发泄悲伤和不满（只要发泄时不是太肆无忌惮），也是一种保护安全的方法。因为阻塞体液，让伤口往体内流血，就会有发生恶性溃疡和毒性脓肿的危险。

面对不满，也许厄庇墨透斯所做的事很适合普罗米修斯，因为没有比这更好的预防不满的方法了。[27] 厄庇墨透斯在苦难与灾祸飞出来以后，总算把盖子合上了，把希望留在了罐底。显然，解除不满之毒的最好药方之一，就是精心与巧妙地培植与维持希望，并且把人们从一个希望带向另一个希望。

明智的政府与政策的一个确定的征象，就是当它不能用满足来维系人心的时候，就用希望；当它在处理事务的时候，没有什么灾祸会显得不可弥补，总是有解决的希望。这一点是比较容易办到的，因为具体的个人和派别都喜欢自欺欺人，或至少愿意假装觉得还有希望，尽管他们并不真的相信。

还有，要预见和阻止合适的领袖人物出现。不满的人群可能拥戴他，在他的领导下联合起来。这一点已人所共知，但仍不失为一条极好的预防措施。

27 Epimetheus 意为“后觉者”，Prometheus 意为“先觉者”。厄庇墨透斯是普罗米修斯之弟。希腊神话中，宙斯为报复普罗米修斯把火种送给人类，创造了一个多才多艺的美貌人类女性潘多拉，并给她一个装满灾祸的罐子（以前多说盒子，现在有学者认为盒子是误译）。厄庇墨透斯娶潘多拉为妻，他打开了罐子，里面的灾祸纷纷飞出，他赶紧把盖子合上，结果把希望关在了罐内。

我以为，合适的领袖就是处高位、有大名的人，他受到不满人群的信任，为他们所瞻望，并且他们认为他本人也心怀不满。这样的人要么把他拉拢过来，使之诚心地归顺国家，要么在他的同党中扶植一人与他争衡，分散他的号召力。

总的来说，分化瓦解不利于国家的所有派系和同盟，使之互相为敌，或至少相互猜忌，是不错的消除不满的措施。假如那些支持国家政策的人老在冲突和内讧，而那些反对的人却是齐心协力，那形势就很危急了。

我注意到，君主随口说的一些尖刻或风趣的话语，常常给叛乱火上浇油。恺撒说："苏拉[28]不通文墨，所以不懂怎么独裁。"[29]这句话给恺撒自己带来了无尽的伤害，因为他粉碎了人们的希望，即在某个时候他也许会放弃独裁。

加尔巴说："我只征兵，不买兵。"就这句话给他招来了杀身之祸，因为他断绝了军士们获得犒赏的希望。[30]

普罗巴斯[31]也是这样。他说："如果我活下去，罗马帝国就不再需要兵士了。"[32]

28 Sulla（前138—前78），恺撒之前的罗马独裁官。前82年他被推上此位，前79年退位。

29 原文为拉丁文Sulla nescivit literas, non potuit dictare。dictare一词有双重含义，一是"口授"，二是"独裁"。恺撒在这里是一语双关。

30 原文为拉丁文legi a se militem, non emi。语出塔西佗《历史》第1卷第5章。加尔巴因为这句话被罗马禁卫军杀害。

31 Probus（276—282年间在位），罗马皇帝。他一心要获致和平，为作乱的兵士所杀。

32 原文为拉丁文si vixero, non opus erit amplius Romano imperio militibus。见于弗莱维厄斯·弗丕斯库斯（Flavius Vopiscus）《奥古斯都时代史》（*Scriptores Historiae Augustae*，关于117到284年间的罗马史的一本纪传体史书。此书由弗莱维厄斯·弗丕斯库斯等6位作者所作的史传集合而成。）中的《普罗巴斯传》。

States of Mind 1911
[意] 翁贝托·薄邱尼 Umberto Boccioni

这句话使士兵们感到极度的绝望。还有许多类似的例子。

显然，在不稳定的时期，在敏感的事情上，君主必须出言谨慎。尤其是一些像利箭般飞出的三言两语的话，被认为是代表了君主的心声。至于长篇大论的讲话，反而被认为沉闷无趣，不太受人注意。

最后，在任何时候，君主身边都要有一个或数个以勇武出名的大将，以便在叛乱刚刚萌芽的时候就把它镇压下去。如果没有这种人，动乱一起，朝廷将陷于过度的惊恐，国家将会有塔西佗所说的那种危险："少量人大胆为恶，许多人有心参与，所有人默许纵容：这就是人们的心态。"[33]

但这样的军人必须是忠诚可信、声誉卓著的，不能是好拉帮结派、哗众取宠的人。他还必须和国家的其他重臣协调一致。不然，治病的药就要比疾病本身为害更烈了。

33 原文为拉丁文Atque is habitus animorum fiut, ut pessimum facinus auderent pauci, plures vellent, omnes paterentur。语出塔西佗《历史》第1卷第28章。

16

论无神论

我宁可相信《金传》[1]《塔木德》[2]和《古兰经》里的所有寓言，也不愿相信宇宙是没有精神的。上帝创造奇迹并不是为了驳倒无神论，他所造的日常的一切就驳倒了它。

确实，学过一点点哲学的人会倾向于无神论，但深究哲学又会让人回到宗教。人的头脑在关注分散的第二原因[3]的时候，有时会以此为满足，不再作进一步的探究；可是当它看到第二原因之间相互联结，环环相扣的时候，必然就会跑向上帝。

即便是那个最常被指责为无神论的学

1 即*The Legend*，又被称为*The Golden Legend*，是13世纪热那亚大主教Jacob de Voraigne所著的一本圣徒故事集。

2 *The Talmud*，犹太人的重要经典。

3 second causes：对基督徒来说，上帝是造物主，是“第一原因”；人的所作所为，相对来说就是“第二原因”。

派，即留基波[4]、德谟克利特[5]和伊壁鸠鲁[6]的学派，[7]也最好地证明了宗教。因为四种可变的元素，和一种不变的要素，不需要上帝，就能构成万物的理论[8]要比一大批无限小，而且不在固定位置上的粒子或种子，不需要上帝的指示，就能产生出这美丽而有秩序的宇宙的理论[9]，要可信一千倍。[10]

《圣经》上说："愚顽人心里说：'没有神。'"[11]但没有说，"愚顽人心里想"。因为愚顽人只是机械地对自己重复他愿意相信的，而不是他真的完全信服的。除了那些主张没有上帝可以对自己有利的人以外，没人否认上帝的存在。

无神论者总是喋喋不休地谈论他们的观点，好像自己在内心也并无把握，很愿意得到别人的同意来加强自己的信念似的。由此可以看得最清楚：无神论只是挂在他们的嘴上，没有深入到他们心里。

不仅如此，你还会看到无神论者努力招徕门徒，就同其他教派一样。最意味深长的是，他们宁愿为了主张无神论而遭受折磨，也不肯公开认错。如果他们真的认为没有上帝存在，又何必给自己惹这个麻烦呢？

4 Leucippus（约前470—前360）：古希腊第一个原子论者。

5 Democritus（约前460—前370）：古希腊原子论者。

6 Epicurus（约前342—前270）：古希腊哲学家。

7 因为原子论者认为物质由微小粒子组成，非神所创造，故被认为是无神论者。

8 古希腊的赫拉克利特（Heraclitus）提出了地、水、火、风四大元素说，亚里士多德又补充了组成天体的第五个元素以太。

9 指原子论者的理论。

10 作者的意思是原子论者虽是无神论者，但他们的学说太过复杂，反而更令人相信世界万物背后有神的主宰。相比之下亚里士多德的"五大元素说"比较简单，作为无神论的论据似更可信。

11 见《圣经·旧约·诗篇》第14章第1节。

COMMERCE DE VINS

Le Moulin de la Galette

[荷]文森特·威廉·凡·高 Vincent Willem van Gogh

伊壁鸠鲁断言有福的自在之神是存在的，但他们只是逍遥快活，并不操心人间事务。为此，有人指责他为了自己的声誉，隐藏了真实的观点。他们说这是伊壁鸠鲁的违心之论，他私下认为神是不存在的。但这显然是对伊壁鸠鲁的污蔑，他的话是高明而敬神的："否认粗俗之人的神的存在并非亵渎；将粗俗之人的意见强加于神才是。"[12] 柏拉图也不能说得更好了。但尽管伊壁鸠鲁有否认神管理人间事务的自信，却没有力量否认神的存在。

西印度群岛的印第安人给每个个别的神都起了名字，但却没有上帝的名字；[13] 就好像古代欧洲的异教徒有"朱庇特""阿波罗""马尔斯"等名字，却没有"上帝"这个词一样。[14] 这表明，即便是那些野蛮民族，也有神的概念，虽然他们还不知道这个概念的范围和外延。由此可见，在反对无神论这一点上，连野蛮人也站在思想最敏锐的哲学家这一边。

很少有好思辨的无神论者，除了迪亚哥拉斯[15]，还有彼翁[16]，琉善可能也算一个，还有一些其他人。但无神论者看上去比实

12 原文为拉丁文Non Deos vulgi negare profanum; sed vulgi opiniones Diis applicare profanum。

13 培根此说来源于何塞·德·阿科斯塔（José de Acosta，1539？—1600）《东印度与西印度群岛的自然史与道德志》（*Natural and Moral History of the East and West Indies*），此书于1604年即有英译本。阿科斯塔是西班牙耶稣会修士，又是博物学者。他的著作描述了拉丁美洲的自然状况和印第安土著的历史与风俗。

14 培根在这里说的，其实是多神教的"神"和一神教的"上帝"的区别。

15 Diagoras，前5世纪时的雅典哲学家，外号"无神论者"，因被控渎神而逃往科林斯。

16 Bion，前3世纪时古希腊讽刺诗人，无神论者。

际人数要多，因为所有那些反叛国教或反对根深蒂固的迷信的人，都会被对手指责为无神论者。但那些主要的无神论者也确实都是些虚伪的人。他们总是在谈论神圣的事物，但却没有感情，最后必然会被烙上污名。

引起无神论的原因有：太多的宗教分裂。如果只有一次重大分裂的话，那会给双方都增添热情，但太多的分裂就会导致无神论。

另一个原因是教士有辱宗教的丑闻，尤其是到了圣贝尔纳[17]所说的那种地步："如今不能再说教士和民众一样，因为民众没有教士那么坏。"

第三个原因是，亵渎地嘲笑神圣事物的习惯。它一点一点地侵蚀了对宗教的尊崇。

最后的一个原因是：学术昌盛的时代，又加上和平与繁荣。因为忧患与苦难反而会使人心倾向于宗教。

那些否认上帝存在的人，破坏了人的高贵。因为显然，人在身体上是接近兽的；如果他在精神上不接近上帝的话，那他就是个低贱的生物。

否认上帝的存在，同样也破坏了人性

17 St Bernard，指的应当是 Bernard de Clairvaux（1090 — 1153），法国教士，天主教本笃会的改革者，西多会的创建者。

中的高尚和人性的提升。拿狗做个例子：人们可以看到，当狗意识到有人照顾它的时候，它会焕发出何等的豪情和勇气。人对它来说就像是一个神，或是“更高级的生命”[18]，如果没有对比自己更高级的生命的信赖，狗是不可能显示出这种勇气的。

人也是这样。当他依靠和信赖神的保护和恩宠的时候，就能获得靠人性本身达不到的力量和信念。

因此，无神论在各方面都是可恨的，在这一方面也是，即它剥夺了人性超越自身软弱的手段。不仅对个人是这样，对民族也是这样。在高尚方面，没有一个比得上罗马的国家了。

听听西塞罗对这个国家是怎么说的：“诸位议事官，尽管我们自视甚高，但论人数我们不及西班牙人，论体力我们不及高卢人，论计策我们不及迦太基人，论艺术我们不及希腊人，论这块土地和这个民族所特有的土生土长的爱国心，我们不及本土的意大利人和拉丁人。但是我们的虔诚、我们的宗教、我们对神在管理着世间万物这一伟大真理的认可——在这几点上，我们胜过了所有国家和民族。”[19]

18 原文为拉丁文melior natura。

19 原文为拉丁文。

17

论迷信

关于神，宁可没有见解，也要好过有不恰当的见解。因为前者是不信神，后者则是对神的毁谤。迷信，无疑就是对神的侮辱。普鲁塔克说得好：“我情愿有人说，根本没有普鲁塔克这个人，也不愿有人说，从前有个普鲁塔克，他的孩子一生下来，他就把他们吃了。”[1]就像诗人们说萨杜恩[2]。对神的侮辱越大，对人的危险也越大。

无神论把人导向理性，导向哲学，导向天伦，导向法律，导向好名之心。所有这些，即便宗教不存在，都能把人导向一种外表上的道德。但迷信却把人头脑里的

1 见普鲁塔克《迷信论》第10章。

2 Saturn：罗马神话中的农神。

这些东西都拆毁，在那里建立起一种绝对专制。

因此，无神论从未扰乱过国家，因为它让人们警惕自己，除此之外就不需要注意别的了。我们看到，那些倾向于无神论的时代（比如奥古斯都·恺撒的时代），都是文明的时代。但迷信却使许多国家陷入混乱，因为它带来了一个新的“首动者”，这破坏了各个层次的政府。

迷信的主人是民众。在一切迷信之中，明智者追随愚昧者，理论倒过来适应实践。在特伦托会议[3]上，经院派的教义是很占优势的，有些高级教士就意味深长地说：“经院哲学家们就像天文学家，为了自圆其说地解释各种天文现象，想象出偏心轮[4]、本轮等运行轨道，尽管他们知道这些东西并不存在。”同样，经院哲学家们制订出了许多精妙复杂的公理和定理，以解释教会的做法。

造成迷信的原因有：悦人感官的程序礼仪；过分注重外表和形式上的神圣；对传统的过分尊崇，这只会使教会负担过重；高级教士为了实现自己的野心或敛财而想

3 the Council of Trent：1545 — 1563年在意大利城市特伦托召开的天主教会的第19次普世会议，解决天主教会内部关于教义上的一些争议，与新教相抗衡。

4 eccentric：偏心轮，指天体运行的不是正圆的轨道。

出的种种计谋；过分看重良好的用意，结果为别出心裁和标新立异打开了大门；以人事来揣度神事，这只会造成观念的混淆；最后，还有灾祸并臻的野蛮时代。

不戴面纱的迷信是个畸形的怪物。猿猴因为似人，更增其丑恶；迷信因为像宗教，更增其畸形。鲜肉腐烂了就会生出许多小蛆，好的仪式典礼败坏了也会变成一系列繁文缛节。

如果人们认为，越远离先前接受的迷信越好，那他们在试图逃避迷信时，会产生新的迷信。所以要当心，不要在去除坏的东西时，把好的一起去掉了（就像泻药下得过猛的时候一样）。当民众是改革的主导时，就会发生这样的情形。

The bushes, Ostend 1922
[比]莱昂·斯皮利亚尔 Leon Spilliaert

18

论游历

游历，

对年轻人来说，

是教育的一部分；

对年长者来说，

是经历的一部分。

对一个国家的语言还没有入门，就去那里游历的话，那么这人就不是去游历，而是去上学的。

年轻人要在某个私人教师或可靠仆人的指导或陪伴下去游历，对这一点我是同意的。这人必须会说那个国家的语言，并且在以前去过那个国家，这样他就能够告诉年轻人，在他们要去的那个国家，有哪些是值得看的，该认识哪些人，还有那里可以得到哪些训练和学问。不然的话年轻人就像是戴了眼罩去旅行，只能看到很少的东西。

Paris Street in Rainy Weather 1877

奇怪的是，在航海的时候，除了天空和大海，根本没啥可以看到，人们却会起劲地记日志；而在陆地旅行的时候，可以观察的东西那么多，人们却往往忽略不记，好像偶然发生之事比观察更值得记录似的。所以，带上日记记录吧！

值得去看和观察的东西有：君主上朝，尤其是他们接见使臣的时候；法庭在开庭和听审的时候；宗教法庭开庭和听审的时候；教会和修道院，还有里面现存的纪念物；大城和小城的城墙和堡垒；港湾的城墙和堡垒；古迹和遗迹；图书馆；学院，还有里面在进行的学术论辩和讲座；航运与海军；大城市附近的宅邸和花园，豪华的公共游乐园；军械库；兵工厂；火药库；交易所；市场；货栈；马术、击剑练习，士兵操练，诸如此类的活动；喜剧，上流社会的人士趋之若鹜的那种；珠宝和礼服的珍藏；博物馆和珍稀物品的收藏；总而言之，他们所去的那个地方所有值得注意的事物，对此仆人或私人教师应该加意打听。至于凯旋式、假面剧、婚礼、葬礼、处决人犯等场面，不必多加留意，但也不应全然忽略。

如果想要一个年轻人从他的游历中尽快得益，在短时间内学到很多，就必须这样做。首先，如前所说，他在出行之前必须对那个国家的语言已经入门。其次，也如前所说，他必须有一个了解那个国家的仆人或私人教师。让他带上描述那个国家的地图或是书，它们会给他的问题很好的解答。还要让他记日记。不要让他在一个城镇待得太久；值得待多久就多久，但不要太久。

不仅如此，当他待在一座城镇的时候，让他从市区的一头或一个区域搬到另一头或另一个区域去居住，这样就能多认识人。让他不要和本国人来往，要在能碰上他前往旅行的国家的上流人士的地方用餐。

让他在从一处搬到另一处的时候，求人引荐给住在他搬去的地方的有身份的人士。这样的话他想看到或知道什么东西，就能得到他的帮助。这样他就能缩短他的行程，却得到很多益处。

至于在游历中应该寻求认识的人，其中最有益处的，就是各国大使的秘书和随员了：这样他游历一个国家，却吸收了许多国家的经验。让他去拜访各界的杰出人士，那些在国外特别出名的，这样他就能学会判断名与实是否相称。

至于争吵，最好是小心谨慎地避免。起因一般都是为了情人而争风吃醋、为了敬酒时的祝词、为了抢夺优先权、为了言辞侮慢。注意不要和性格暴躁、好与人争吵的人来往，因为他们会把你卷入到他们的纷争中去。

游历者回到家中以后，不要把他曾游历过的国家全然抛诸脑后，而应该和那些最有价值的熟人保持书信往来。让他的游历经验表现在他的言谈中，而不是表现在衣着和行为上。在回答别人的询问时他应该明智而审慎，而不是急于讲述趣闻轶事。也不要表现出自己放弃了本国的礼仪，接受了外国的礼仪；而只是在本国的习俗中，植入了一些他在外邦学得的精华。

Le pont de l'Europe 1876
[法] 古斯塔夫 · 卡耶博特 Gustave Caillebotte

19

论治国

欲求的东西很少，恐惧的东西很多，这是一种可悲的心态，但帝王的情况一般都是这样。他们已位居至尊，无所希求，这使他们的精神比普通人更为萎靡，但头脑中却有许多想象出来的危险和征兆，这模糊了他们的心智。《圣经》上说："君王之心也测不透。"[1]这也是造成这一情况的原因。

猜疑多端，又缺乏一个占支配地位的欲望（它会整理好所有别的欲望，让它们排好顺序），会使任何人的心思都难以被人揣度。因此许多时候帝王会给自己制造一些欲望，寄情于好玩的小事。有的时候是

1 见《圣经·旧约·箴言》第25章第3节。

造一幢建筑；有的时候是建立一个修道会；有的时候是提拔一个人[2]；有的时候是专精于一门技艺或手艺，如尼禄[3]之好弹竖琴，图密善[4]之好射箭，康茂德[5]之好剑术，卡拉卡拉[6]之好驾车，等等。有些人觉得这好像难以置信，因为他们不明白这个道理："在小事情上有进展，比在大事情上停滞不前更让人振奋精神、恢复活力。"

我们还看到，有些帝王在早年是幸运的征服者，但征服不可能无休无止地进行下去，总有时运不济，遇到阻遏或障碍的时候，于是他们在晚年就变得迷信、抑郁，比如亚历山大大帝[7]、戴克里先[8]，还有我们记忆所及的查理五世[9]等等。因为习惯于进取的人，如果停滞不前，就会失去自尊，性情大变。

现在来谈谈真正平衡的治国术。很难达到这种平衡，也很难保持，因为不管是平衡还是不平衡的状态都是由对立的部分组成的。但把对立的东西掺和起来是一回事，交替轮换又是另一回事。阿波罗尼乌斯[10]答复韦斯巴芗的话极富教益。韦斯巴芗问他："尼禄为什么被推翻？"阿波罗尼

2 比如提拔一个宠臣。

3 Nero，罗马皇帝，著名的暴君，54—68年间在位。

4 Domitian，罗马皇帝，81—96年间在位。

5 Commodus，罗马皇帝，177—192年间在位。

6 Caracalla，罗马皇帝，211—217年间在位。

7 Alexander the Great，马其顿国王，前336—前323年间在位。

8 Diocletian，罗马皇帝，284—305年间在位。他其实是因病退位的，并非因为抑郁。

9 Charles V，神圣罗马帝国皇帝，1519—1556年间在位，又是西班牙国王。1556年让位给儿子菲利普二世，两年后死于修道院。

10 Apollonius，1世纪希腊毕达哥拉斯学派的哲学家。

乌斯答道："尼禄善于弹奏竖琴，也善于调弦，但在执政时他有时把弦绷得太紧，有时又把弦放得太松。"确实，既不均衡也不适时地一会儿施加高压，一会儿又放任自流，没有比这对权威的损害更大的了。

确实，当今的君主们在处理事务上的智慧，仅限于在危险和麻烦迫近时，采用巧妙的花招或逃避手段，而不是采取实在的、有根据的措施来防患于未然。这等于是在和运气一较高下。因此人们要小心，不要忽视或容忍正在酝酿的祸乱。因为没人能阻止火星的迸发，也无法预言它会来自何方。

君主的职务中有许多重大的困难，但最大的困难来自他们的内心。（塔西佗曾言）君主们常常想望一些矛盾的东西："国王们的欲望常常是强烈而互相冲突的。"[11] 想要达到目的，可是又不能容忍要采取的手段，这就是权力内在的不一致之处。

君主必须对付他们的邻邦、后妃、子嗣、高级教士或僧侣、贵族、二等贵族或绅士、商人、平民和军人；如果不能小心谨慎地对待他们，都会产生危险。

11 原文为拉丁文。这句话其实并非塔西佗所说，而出于古罗马历史学家萨鲁斯特（Sallust，前86—前35）《朱古达战争》。

Navarre the town council of roncal 1914

先说邻邦:(形势是那么多变,)提不出总的原则,但有一条永远适用,那就是:君主们要保持应有的警惕,不让邻邦的势力(通过扩张领土、控制贸易、重兵压境等手段)扩大到能进一步威胁他们的程度。预见并阻止这种情形的出现,一般来说是君主的常务顾问的职责。

在英王亨利八世[12]、法王弗朗西斯一世[13]和神圣罗马帝国皇帝查理五世三雄鼎立的时期,三国之间曾相互提防到这种程度,即只要其中一国得到一块巴掌大的土地,另外两国马上就会采取措施加以平衡,要么结盟,要么在有必要的时候诉诸武力,绝不会为了暂时的和平而牺牲长远的利益。

由那不勒斯国王费迪南多[14]、佛罗伦萨的统治者洛伦佐·美第奇[15]、米兰大公卢多维科·斯福尔扎[16]三位结成的联盟(曾被圭恰迪尼[17]称为"意大利安全的保障"),也曾起了类似的作用。

某经院派哲学家[18]认为:"只有先受到侵害或挑衅,才有正当的理由发动战争。"这种观点是不被接受的。尽管尚未受到攻击,但对即将到来的危险的合理恐惧,也是发动战争的正当原因,这是毫无疑问的。

12 Henry the Eighth,生于1491年,1509年即位为英国国王,死于1547年。

13 Francis the First,生于1494年,1515年即位为法国国王,死于1547年。

14 Ferdinando,1458—1494年间在位。

15 Lorenzius Medices,1448—1492年间统治佛罗伦萨。

16 Ludovicus Sforza(1452—1508),1494—1499年间为米兰大公。

17 Guicciardine(1483—1540),意大利历史学家。

18 指托马斯·阿奎纳(Thomas Aquinas)。

Théodore Duret 1912
[法] 爱德华 · 维亚尔 Edouard Vuillard

至于后妃，她们当中有不少行残忍之事的例子。利维娅因给丈夫下毒而臭名昭著[19]；苏里曼[20]的皇后罗克萨拉娜毁了有名的王子穆斯塔法苏丹[21]，还给皇室和皇位继承制造了其他麻烦。英王爱德华二世的王后则是废黜和谋杀丈夫的主谋。[22]当后妃有奸情，或密谋扶立自己的孩子的时候，君主尤其要防范类似的危险。

至于子嗣，他们造成的悲剧和引发的危险也不胜枚举。一般来说，父亲对子嗣产生怀疑的结果总是不幸的。（如前所说）穆斯塔法之死对苏里曼皇族是毁灭性的打击，因为苏里曼以后一直到今天的继位者都被怀疑并非嫡传，血统不纯；因为赛里姆斯二世[23]被认为是私生子。

克里斯帕斯[24]，一位难得的很有出息的王子，被他父亲君士坦丁大帝[25]杀死，同样也是对皇室的毁灭性打击。结果他的两个儿子君士坦丁和君士坦斯都身遭横死，他的另一个儿子君士坦休斯结局也好不了多少，他确实是病死的，但在他死去之前朱利阿努斯已起兵造反。[26]

马其顿的腓力二世诛杀其子德米特里乌斯[27]，最后反受报应，悔恨而死。有许多类似的事例，但很少有父亲不信任子嗣却得到好结果的情形，也许根本没有。公然举兵反叛的子嗣则属例外，如赛里姆斯一世讨伐巴亚赛特[28]，和英王亨利二世的三个儿子[29]。

至于高级教士，在他们骄傲自负又地位崇高的时候，也会有危险，比如在坎特伯雷大主教安塞姆斯[30]和托马斯·贝克特[31]的时候。他们用主教的牧杖，来跟国王的利剑一较高下，但他们面对的都是鲁莽而倨傲的国王：威廉·鲁弗斯[32]、亨利一世[33]和亨利二世。危

19 Livia，奥古斯都的皇妃，为让儿子提比略继承皇位而毒死了丈夫。

20 Solyman（1495？ — 1566），奥斯曼帝国苏丹。

21 Roxalana是苏里曼的宠后。太子Mustapha为苏里曼前妻所生。罗克萨拉娜向苏里曼进谗言，结果穆斯塔法被苏里曼下令缢死。

22 英王Edward II（1307 — 1327年间在位）据说有断袖之癖，又因入侵苏格兰失败，王后、法王之女Isabella遂联合贵族将其废黜。爱德华二世在囚禁中死于谋害。

23 Selymus II（1556 — 1574年间在位），罗克萨拉娜之子，因性格相貌与苏里曼不同，被人疑为罗克萨拉娜的私生子。

24 Crispus是Constantinus the Great与前妻所生的长子。后母Fausta为扶立自己的儿子，诬告克里斯帕斯逼奸她，君士坦丁大帝遂将其处死。

25 Constantinus the Great（288？ — 337），古罗马皇帝，于330年迁都拜占庭城，改名为君士坦丁堡。

26 君士坦丁大帝死前将帝国分给三子Constantinus，Constance和Constantius。君士坦丁后率兵攻打君士坦斯，兵败被杀。君士坦斯后又为篡位者Magnentius所杀。于是君士坦休斯拥有了整个罗马帝国。但不久其堂弟Julianus（332 — 363）又起兵造反，君士坦休斯病死。朱利阿努斯遂成为罗马皇帝。

27 Demetrius为马其顿国王腓力五世（培根误作二世）的第三子。他的哥哥Perseus诬告他阴谋篡夺王位，德米特里乌斯因此被父亲下令处死。

28 Bajazet为前述奥斯曼帝国苏丹苏里曼与宠妃罗克萨拉娜所生的儿子，后举兵叛父，兵败被杀。

29 Henry the Second，1154 — 1189年间在位。他的三个儿子Henry，Richard和John都曾举兵叛父，最后理查击败父亲并夺得王位。

30 Anselmus，即圣·安塞姆（St Anselm，1033 — 1109），1093年任坎特伯雷大主教，因维护教权，和两朝国王发生冲突。

31 Thomas Becket（1118 — 1170）先任英王亨利二世的枢密大臣，任坎特伯雷大主教后则一心维护教权，1170年在坎特伯雷大教堂被亨利二世的四名骑士杀死。

32 William Rufus（1056 — 1100），“征服者威廉”的次子。

33 Henry the First（1068 — 1135），英格兰国王，征服者威廉一世的幼子。

险并不是来自僧侣阶层本身，而是来自它有依赖的外国势力，或者来自教士不是由国王或某个庇护人授予圣职，而是由平民百姓选举而任职的时候。

至于贵族，和他们保持一定距离是不错的；贬抑贵族，可以使国君获得更大的专制权力，但也减少了他的安全，削弱了他做自己想做的事的权力。在拙作《英王亨利七世本纪》[34]中，我已指出了这一点。亨利七世贬抑贵族，因此他的统治时期充满了纷争与骚乱。尽管贵族仍效忠于他，但在国事上却不跟他合作，所以他在所有事情上都不得不亲力亲为。

至于二流贵族，因为他们是个分散的群体，所以不会构成大的威胁。他们有时会唱唱高调，但这个不会造成太大危害。此外，在高等贵族太强大的时候，他们可以平衡其势力。最后，他们在有权力的阶层中是最接近民众的，所以最能够缓和民众的暴乱。

至于商人，他们是门静脉[35]。如果商业不繁荣，一个王国可能会有好的四肢，但却只有空空的血管，得不到滋养。对他们

34 Henry the Seventh（1485—1509年间在位）：英国国王。

35 原文为拉丁文vena porta，当时的医学认为全身的静脉将“乳糜”（chyle）汇总到门静脉，又由门静脉分配到肝脏各部分。

征收关税会因小失大，对增加国君的收入好处甚微。因为尽管税率增加，总的贸易量却减少了。

至于平民，他们没有什么危险，除非有了强有力的领袖，或者是你在他们的宗教、习俗和生计问题上横加干涉。

至于军人，让他们生活和聚集在一起，并且习惯于领取犒赏，是一种危险的状况。土耳其御林军和古罗马禁卫军就是这样的例子。但是在分散的几个地方训练和武装军人，由多个指挥官分别统领，并且无故不发犒赏，这些都是应有的国防措施，不会带来危险。

君主就像天上的星宿，会带来好的也会带来坏的时代；[36] 他们受极大的尊崇，但得不到休息。对君主的所有规诫其实可以归结为这两个提醒："记得你是个人"；"记得你是神，或神的代理人。"[37] 前面一条约束他们的权力，后面一条约束他们的欲望。

36 当时的占星学认为，太阳只对人世有正面影响，除此以外，天上的其他星辰，随着位置的变动，都会对人世产生或好或坏的影响。

37 原文为拉丁文。

Landscape at Auvers after Rain

［荷］文森特·威廉·凡·高 Vincent Willem van Gogh

20

论建言

人与人之间的最大信任，就是对建言者的信任了。因为在其他的信任关系里，人只是托付了生活的一部分，比如土地、财物、子女、信贷等具体的事物；但是对那些被他们视为顾问的人，他们托付了全部：因此，担任顾问的人更应当忠诚正直。

最有智慧的君主不需要觉得，依赖建言会减损他们的伟大，或让人怀疑他们的能力。连上帝也离不开建言，并且把“策士”定为圣子的尊号之一。[1]所罗门也曾断言：“听取建言便能得到安全。”[2]

凡事都会有关于它的第一次和第二次

1　见《圣经·旧约·以赛亚书》第9章第6节：“他名称为奇妙、策士、全能的神、永在的父、和平的君。”

2　培根对《圣经》的意译。见《圣经·旧约·箴言》第20章第18节：“计谋都凭筹算立定。”

争论。如果不在争论的风浪上受颠簸，就会在命运的风浪上受颠簸，忽东忽西，反复无常，就像一个醉人的踉跄脚步一样。所罗门的儿子发现了建言的力量，正如他的父亲认识到了建言的力量一样。[3]上帝所珍爱的王国，就是因为错误的建言而分裂解体的。这事对我们的教诲是，错误的建言总是有两个特点，可以轻易地把它辨认出来：从人的角度来说，它是年轻人提出的建言；从内容的角度来说，它是激烈的建言。

古人用譬喻，说明了君主和建言之间一体和不可分离的关系，还有君主对建言在政治上的明智运用：譬喻之一是，他们说朱庇特娶了代表言论的美蒂斯[4]，这意思是：君主是和建言结为一体的。譬喻之二是：他们说，朱庇特娶了墨提斯之后，她受了孕，怀了胎，但朱庇特不等她生产，就把她吞吃了。于是他自己也怀了身孕，并从头脑中生出了全副武装的帕拉斯[5]。

这个不合人情的神话包含着治国的秘密，即君主该怎样利用国家的议事机构[6]。首先，君主应当把事务交给他们讨论，这

3 指所罗门之子罗波安不听老臣的建议，答应以宽厚对待臣民，却听从和他一起长大的少年人的建议，声言要以威猛对待民众，结果以色列人大部叛离，大卫所建的以色列国因而分裂。

4 Metis，希腊神话中的言论女神。

5 Pallas 即智慧女神雅典娜。

6 比如英国当时的枢密院（Privy Council）这样的机构。

Six Friends of the Artist 1885

[法]埃德加·德加 E.Degas

就是受孕怀胎；但是当事务的处理方式已经在他们的讨论中发育、成形，并且成熟和快要出生的时候，这时君主就不能由议事机构作出决断或发出号令，来最后解决这事，好像这一切都得依赖他们似的，而是要把这事收回到自己的手中，并且让外界看到政令和最后的指示都由君主发出（并且是深谋远虑和雷霆万钧地发出的，就像是全副武装的帕拉斯）；看到它们不仅来自君主的威权，更来自君主的头脑和才智（这可以进一步提高他们的声望）。

我们再来谈谈听取建言的弊病，和弥补的方法。我们注意到，请人提出建言并且利用它的弊病有三。其一，必须透露事机，不利于保密。其二，会削弱君主的权威，造成他们不是很有能力的印象。其三，是建言者不忠的危险。他们提出的建议，对他们自己比对听取建议者有更大的好处。

因为有这些弊病，在意大利有人提出过一种学说，在法兰西实践过：那就是在几朝君主的治下，引入过“秘密内阁”的制度。但这种疗治方法，却比疾病本身更坏。

关于保密，其实君主并没有把所有事都告诉顾问的必要，可以有所选择。君主可以咨询在某件事上自己该怎么做，但没必要告诉人自己究竟会怎么做。君主要小心的是，他们自己不能泄露秘密。

至于秘密内阁，“我浑身都是漏洞”[7]也许是他们的格言。一个以泄露秘密为荣的饶舌者造成的损害，就会超过许多以守密为职责的人。

有些事确实需要高度保密，除了君主以外只能有一两个人知道。只有一两个人给出的建议也不一定不好；除了有保密性好的益处以外，这种建议一般来说总是大方向一致，不受扰乱。但只有精明审慎，又能乾纲独断的国王才能利用这样的建议。

他的心腹策士也必须是足智多谋，尤其是能死心塌地地为达到国王的目的而服务的。英王亨利七世就是这样的国王。重大的事务，除了对莫顿[8]与福克斯[9]，他都缄口不言。

至于削弱君主的权威，前面所说的寓言就说明了弥补的方法。不，君主在主持议事的时候，他的尊严不是减少了，而是增加了。君主因为听取建言而失去臣民的情形，从来没有发生过，除非他的某个顾问权势太大，或者有几个结成死党，但这些都是容易发现和弥补的。

下面来谈谈最后一个弊病，也即人们

7　原文为拉丁文。出自古罗马剧作家特伦斯《宦官》一剧的第1幕第2场第23 — 25行。

8　指John Morton（约1420 — 1500）。亨利七世在1486年任命他为坎特伯雷大主教，1487年又任命他为大法官。

9　指Richard Fox（约1448 — 1528），英国教士，曾任亨利七世主要的秘书，掌玺大臣，和埃克斯特主教。

10 见《圣经·新约·路加福音》第18章第8节：“遇得见世上有信德吗？”

11 原文为拉丁文。出自罗马诗人马提雅尔（Martial，40？ — 104？）《格言》。

会从自己的利益出发来提出建言。当然，“在地上遇不见信德”[10]说的是时代的特点，而不是所有的个人。有些人天性忠实、诚恳、耿直、坦率，而不是阴险、奸诈，君王首先要把这样的人吸引到身边来。

再者，一般来说顾问之臣并不互相团结，而是一个盯着一个的。所以，如果其中一人出于私心或党派利益来进言，总是会传到君主的耳朵里的。但最好的对治方法是，君主了解顾问之臣，就如顾问之臣了解君主：

“了解臣下，是君主最大的长处。”[11]

另一方面，顾问之臣不应一心揣摩君主的为人。顾问之臣真正应有的品性是能干练地处理主公的事务，而不是熟知他的脾性。这样他就会去劝导，而不是迎合君主了。

先单独听取，然后又集体听取顾问之臣的意见，对君主也特别有用。因为私下提建议较为自由，当众发言就比较拘谨。私下说话时，人们能更大胆地表达自己的好恶；有他人在场时，人们则会更多地顾及他人的好恶，因此最好两种情形下的意见都听取。听地位较低的人的意见时，最好在私下，好让他们畅所欲言；听地位较高的人的意见时，最好是当众，好让他们出言谨慎。

君主如果只是就事务本身听取意见，却不问应该任用何人来办理，那也是白忙。因为事务本身就像无生命的泥塑，挑选合适的人来办理才能为它注入生命。笼统地[12]讨论人选，比如抽象地说他应该是哪一类人，有什么样的性格，或者对他进行数学上的描述，都是不够的。因为最大的错误是犯在个人的选择上；最好的判断力，也显示在个人的选择上。

“最好的顾问是死人”[13]，这话说得没错。顾问脸色发白的时候，书籍却会直言无隐。所以多读书，尤其是在政治舞台上扮演过重要角色的人所写的书，很有益处。

现在大多数地方的议事会都只是乌合之众，大家对所议之事只是漫谈一下，并不进行辩论，而且过快地作出决议或决定。重大的有争议的问题，最好在第一天提出，然后在第二天再进行讨论。俗话说，“夜晚是听取建议的好时候”[14]。英格兰、苏格兰合并议事会[15]，一个重要而有序的议事会，就是这么操作的。

我建议为请愿留出固定的日期；这既可以让请愿者更确定地知道什么时候可以来议会，也可以让议会在其他时候更专注地[16]讨论国事。

在议会中可以组织一些委员会，把各方面的事务酝酿成熟以后，再提交议会讨论。

12 “笼统地”一词原文为拉丁文。

13 这句话是阿拉贡的阿方索（Alphonso of Aragon，1416 — 1458）的一句名言。

14 原文为拉丁文，是当时的一句常见的谚语。也见于伊拉斯谟《格言集》一书。

15 1603年英国女王伊丽莎白一世驾崩后没有继嗣，由外甥苏格兰国王詹姆士六世继承英格兰王位，称詹姆士一世。为此于1604年10月20日成立英格兰、苏格兰合并议事会，讨论两个王国合并所带来的各种问题。同年12月6日，议事会完成任务后解散。

16 “更专注地”一词原文为拉丁文。

17 原文为a song of placebo。Placebo是晚祷礼中为死者所唱的圣诗的第一句“Placebo Domini in regione vivorum”的第一个词，意为“在生人之地我将行在我主之前”。这里的意思，是说君主的谄媚者会说些投其所好的话。

在选任委员的时候，最好要挑选那些不偏不倚的人，而不要任用两党之中比较偏激的成员，以免造成相持不下的状况。

我还建议成立一些常务的委员会，负责贸易、财政、战争、诉讼和殖民地方面的事务。在有的国家里有各种各样专门的议事会，但只有一个国会（比如在西班牙）。这些议事会实际上跟常务委员会没什么两样，只是权力更大些而已。

让需要向议会汇报的特殊行业的人（比如律师、海员、制币工等）先向委员会汇报，然后，如果有合适的时间，再向议会汇报。不要让他们乱哄哄地、成群结队地来，这样的话是在扰乱议会，而不是向议会汇报了。

在会场放一张长桌或方桌，或沿墙放一圈椅子，看上去只是形式问题，却有实质上的不同。因为放长桌的话，少数几个坐在上首的人，实际上就左右了一切；但如果采取其他形式，就会更多地采用坐在下首的议事者的意见。

国君在主持会议的时候要小心，在提出讨论的事情上，不能太明显地表明自己的态度，不然他的顾问们就会见风使舵，不是畅所欲言，而是给他唱一曲“我主圣明”[17]的歌。

21

论拖延

幸运就像是市集。许多时候，只要你肯等一会儿，价格就会下跌。但有时，它又像西比拉的出价，一开始整套是这个价，然后烧掉一部分又烧掉一部分，还是这个价。[1]因为“时机”（如谚语所说）“先给你前额的头发你不抓，下一次给你的就是光秃秃的后脑勺了”；或者是先把瓶子的把手转给你让你抓，你不抓的话接下来就转给你很难抓住的瓶身。

抓住事物开端或发轫的时机，没有比这更大的智慧了。

1 相传女预言家Sibylla写了一部有九卷的神谕集，然后献书于古罗马王政时代的第七代王塔尔钦（Tarquin，约前534—前509），并索要高价。塔尔钦拒绝了。西比拉把书烧了三卷，再次献书于王，仍索要原价，塔尔钦再次拒绝了。西比拉把书又烧了三卷，第三次献书于塔尔钦，并索要原价，塔尔钦最后还是按她最初的出价买下了三卷残书。

看上去不大的危险，其实已经不小了。上当的危险，要多过受损害的危险。不仅如此，对有些危险，最好是在它们还没逼近时就把它们拦截在半路；这要比长时间地观察它们迫近要好得多。因为一个人如果观察得太久的话，就很可能会睡着。

但另一方面，被太长的阴影所欺骗（比如月亮低挂，月光从敌人的背后照过来的时候，有人就因此上当过），因而出击过早；或太早披盔戴甲，反而教危险降临。这又是另一个极端。

（如前所说，）时机成熟与否，一定要时时小心衡量。总的来说，所有重大的行动在开始时，最好是交给有百眼的阿格斯[2]，在结束时，最好是交给有百手的布里亚柔斯。前者是为了留神观察，后者是为了速战速决。

能让精明的人隐身的普鲁托之盔[3]，就是商议时的秘密和执行时的迅速。事情一旦到了执行的阶段，没有比迅速更好的保密方法了。就像在空中飞行的子弹，因为飞得快而为目力所不及。

2　Argos，希腊神话中的百眼巨人。天后赫拉把宙斯看中的凡间女子伊娥（Io）变成牝牛后，就派阿格斯监视。

3　Pluto，地狱之王，他的头盔能让人隐形。希腊英雄帕尔修斯戴了普鲁托的头盔隐形之后，才杀死了美杜莎。

Dusk At The Fishing Village

[法] 阿尔弗莱德 · 西斯莱 Alfred Sisley

22

论狡诈

我们把狡诈视作一种邪恶或扭曲的智慧。在一个狡诈和一个智慧的人之间，显然存在着很大的区别，不但在诚实这方面，也在能力这方面。有那些牌打不好，却会在洗牌时作弊的人；也有那些在其他方面能力不强，却很会搞阴谋诡计，和拉帮结派的人。

其次，懂得人是一回事，懂得事务又是另一回事。有许多人熟悉人的脾性，但在处理真正的事务的时候并没有很大的能力，这就是研究人多过研究书的人的特点。这样的人更适合搞阴谋，而不适于议政。他们在自己熟悉的圈子中能如鱼得水[1]，如果让他们去对付新的人，就不知所措了。

所以，把聪明人和笨蛋区分开来的老办法——“把他们赤条条地送到陌生人那里，你就能看出来了”[2]对他们是很不适用的。因为这些狡诈的人就像是卖小商品的小贩，把他们的货色陈列一下也不错。

对跟你说话的人，用眼睛仔细观察，这是狡诈之一端。耶稣会[3]对会士就有这样的规定。因为有许多智者把秘密隐藏在心里，却显露在脸上。但在观察的时候必须谦卑地低下你的目光，耶稣会士也是这么做的。

狡诈之另一端是，当你迫切想要得到某样东西的时候，却用别的话题来让跟你打交道的对方开心或发笑，这样他就不至于太清醒，来提出反对意见。我认识一位议事官和书记[4]，每次他带有所求请的文书来给英国女王伊丽莎白签署的时候，总是先跟她讨论某件政事，这样她对那些文书就不会那么在意了。

类似地，在对方急于要走的时候，可以出其不意地提出某事，这样对方就无法留下对这事进行周密的考虑了。

如果一个人想要阻挠某事，并且怀疑别人会漂亮而有说服力地将它提出，就让

1 原文为they are good but in their own alley；alley在这里是球道或场地的意思。是借用保龄球或草地滚木球戏作比喻，是说他们只有在自己熟悉的球道或场地才能打好球，换了新的球道或场地，球的位置就打不准了。

2 原文为拉丁文。是前4世纪时希腊哲人Aristippus所说的话，为Diogenes Laertius所记录。

3 天主教的一个修道会，1534年由Ignatius Loyola所创。英国当时已是新教国家，故对耶稣会也怀有偏见和敌意。

4 很可能是指弗朗西斯·沃辛汉爵士（Sir Francis Walsingham，约1530 — 1590），他在1573年在枢密院担任重要职位，在1577年任枢密院唯一的书记。此人以狡诈出名。

他假装赞成，而且自己抢先提出，但提出的方式，最后又会让这事无疾而终。

说话说得吞吞吐吐，好像欲言又止，会让正在跟你交谈的人兴趣更大，更想知道你要说的事情。

一件事如果看上去是被问出来的，而不是你主动说出来的，会让人觉得更可信。所以，你可以装出一副和平常不一样的表情和面容，作为问题的诱饵，使得对方有理由来问，是什么事造成了你的变化？正如尼希米之所为："我素来在王面前没有愁容。"[5]

在微妙和令人不快的事情上，最好让言语没多大分量的人先开头，把言语更有分量的人留在后面，在被问起那个人的话的时候，才似乎偶然说起，就像是纳西索斯，向克劳迪斯讲起梅萨利纳和西里亚斯的婚事时那样。[6]

在某些事上，如果你不想让别人认为你也参与其中，一个狡诈的方法就是借用世人的名义，比如说"大家都说"，或者说"外面有这样一种说法"。

我认识那么个人，他在写信的时候，会把最关键的事写在附言里，就好像这是件顺

5　见《圣经·旧约·尼希米记》的第2章第1节。尼希米以前在亚达薛西王面前没有愁容，这一次在王面前摆酒时却不同，引得王发问，最终允许他返回耶路撒冷建筑城垣。

6　事见塔西佗《编年史》。罗马皇帝克劳迪斯（Claudius，41 — 51年间在位）在48年出巡时，其妻梅萨利纳（Messalina）强逼罗马美少年（Silius）和她成婚。克劳迪斯的秘书官纳西索斯（Narcissus）不敢直接告诉克劳迪斯，先让两位宫中的妇女向他密报，克劳迪斯向纳西索斯核实之后，处死了梅萨利纳。

7　这两人指的很可能是罗伯特·塞西尔爵士（Sir Robert Cecil，1563 — 1612。英国伊丽莎白一世朝和詹姆士一世朝的重臣。1596 — 1612年间任国务大臣）和托马斯·包德利爵士（Sir Thomas Bodley，1545 — 1613。英国外交官与学者）。

带提起的事一样。

我还认识那么个人，他过来说话的时候，会跳过他最想谈的事，把话题扯得很远，然后又扯回来，好像他差点忘记了这件事似的。

有些人想要对某人施行计策，就设法让自己待在对方容易撞见自己的地方，手里拿着一封信，或干着平时不干的事，这样对方就会问起他们想说的事情。

狡诈还有一端，就是自己说一些话，让另一个人也鹦鹉学舌地说，然后就此得利。我认识两个人[7]，他们在伊丽莎白女王的时代竞争大臣的位置，但两人私交尚好，还会相互商量公事。其中之一说，“在王权衰落的时代”，大臣是个棘手的位置，他并不想做。对方马上学会了这几句话，并且跟他的好几个朋友说，在王权衰落的时代，他没有理由想做大臣。前面那人抓住了后者的这几句话，想法子让人告诉了女王。女王听见了“王权的衰落”这几个字，大为不悦，从此以后就不再理会后者的任何请求了。

还有一种狡诈，在英国我们称之为“锅里翻猫”，也就是甲对乙说了什么，甲却说是乙对他说的。说真的，如果这事发生的时候只有这两人在场，是很难弄清楚这话是谁起头的。

有些人还有一种机诈，即他们会说自己不会怎样怎样，来对别人含沙射影，比如说“我才不会干那样的事”。

比如在谈及布拉斯时，提格利努斯说："除了保护皇帝的安全，我并无其他心思。"[8]

有些人备有许多故事轶闻，不管他们想要暗示什么，都能用一则故事把它包裹起来。这样他们既能较好地保护自己，又能让别人更快乐地接受他们的暗示。

狡诈还有一条上策，就是把自己想要得到的答案，先用自己的语言和论点把它说出一个梗概，这样对方在说的时候，就会少一些犹疑。

让人觉得可异的是，有些人为了说出他们想说的话，会等待很久，会兜很大的圈子，会提及许多其他的事，来接近这个话题。这样做需要很大的耐心，但是很有用。

一个突然、大胆、出人意料的问题，常常会让人措手不及，让他说出真情。就像一个已经改名换姓的人，走在圣保罗大教堂附近[9]，这时一个人突然走到他的背后，叫他的真名，他马上就会回头看。

狡诈者的小手腕、小诡计是花样百出的。把它们列举出来是件好事，因为对一个国家来说，没有比狡诈者被当作智者为害更大的了。

8 语见塔西佗《编年史》第14卷第57章。布拉斯（Sextus Afranius Burrhus，1 — 62），曾为罗马皇帝尼禄的主要顾问之一，曾任禁卫军统领，在尼禄统治的开头8年，帮助他维持了稳定的统治。后失去了对尼禄的影响，据说被下毒而死。提格利努斯（Tigellinus，约10–69），在布拉斯死后，接任禁卫军统领。

9 圣保罗大教堂附近，是当时各色人等的汇聚之处，是一个嘈杂的所在。

10 见《圣经·旧约·箴言》第14章第15节。

但是显然，有些人知道一些事务的首尾，却无法解决其中的关键；就像一幢房子，有方便的楼梯和入口，却没有一间宽敞的房间。所以，你会发现他们毫无调查或讨论的能力，却在事务结束的时候自吹自擂。但这样的人往往会利用自己的无能，让别人相信他们是善于领导的干才。有的靠毁谤他人，或（如我们现在所说）在人事上捣鬼，而不是靠自己做事的扎实可靠。

> 然而所罗门说：

"愚昧人是话都信，
通达人步步谨慎。"[10]

23

论利己的聪明

蚂蚁是一种聪明的利己的生物[1]，但在果园或花园里就是害虫了。那些过分自爱的人，显然也对公众有害。

要用理性来区分为私与为公。就像对自己要诚实那样，不能欺骗别人，尤其不能欺骗君主和国家。把自我作为行为的中心，是不好的。这就像地球一样。[2] 地球只是以自己为中心，而所有和天堂亲近的天体，都以别的天体为中心运转，并对其有益。[3]

把一切都跟一个人的自我联系起来，这在至尊的君主身上尚可忍受；因为他们

1 见《圣经·旧约·箴言》第6章第6节："懒惰人哪，你去察看蚂蚁的动作，就可得智慧。"第30章第24—25节："地上有四样小物，却甚聪明：蚂蚁是无力之类，却在夏天预备粮食。"

2 在亚里士多德的哲学里，"地"是四大元素中最低贱的。

3 培根还没有接受哥白尼的日心说，他这里所持的，仍是托勒密的地心说。

并不仅仅代表其本身，君主的祸福也和公众的福祉息息相关。但这在君主的臣仆或共和国的公民身上，就是极严重的恶行。因为不管什么公事，只要经过这样的人的手，他就会把它扭曲了来为自己的目的服务，而这常常是与他的主人或国家的目的南辕北辙的。所以，要让君主或国家挑选没有这一习性的臣仆，除非他们只打算让这样的人做一些无关紧要的事。

使这样的人办事的后果变得更为有害的，是一切都失去了合适的比例。把仆人的好处置于主人之先，已经是本末倒置。极端的情形，则是仆人的一点点小利压倒了主人的大利。但那些坏的官吏、司库、使节、将校，还有其他腐败与不诚实的臣仆，正是那么干的。他们因私人的蝇头小利而偏离正道，败坏了主人的宏图大业。

而且大多数时候，这样的仆人所得的好处，只是跟他们的私产的规模相应；但他们为了这好处所做的交易造成的损害，却跟他们主人的事业的规模相应。为了烤熟自己的几只鸡蛋，他们会放火把房子烧掉，这就是极端自私者的本性。

然而这些人常常受主人的信任，因为他们处心积虑地讨好主人，和谋求个人利益。只要能达到这两个当中的任何一个目的，他们都会放弃对公事有利的解决方法。

利己的聪明有各种各样的形式，但都是道德败坏的表现。它是在房子倒塌之前逃走的老鼠的聪明，是把为它挖洞造窝的獾赶走的狐狸的聪明，是在吞食猎物时流泪的鳄鱼的聪明。然而，特别值得注意的是（如西塞罗[4]说庞培[5]的那样），那些“爱自己超过任何人”[6]的人，往往没有好的下场。他们以为靠利己的聪明已经剪去了命运女神的飞羽，并总是为了自己牺牲他人，但最终他们也会成为反复无常的命运的祭品。

4 Cicero（即Marcus Tullius Cicero，前106—前43）：古罗马雄辩家、政治家、哲学家。以善于演说而成为古罗马政治舞台上的重要人物。在前63年任执政官。

5 Pompey，生于前106年，卒于前48年。古罗马统帅，曾两度任执政官。后与恺撒争权，战败，逃亡埃及，为埃及人所杀。

6 原文为拉丁文。

24

论革新

动物在初生时都相貌丑陋，所有革新也是这样。革新是时间的新生儿。但尽管如此，那些最早给家族带来荣耀的人，总的来说要比继承者更值得敬重。所以，第一个先例（如果好的话）是很难通过模仿达到的。因为恶，对败坏了的人性[1]来说，就像顺流而下，越走越快；而善，就像逆水行船，开头的时候最快。

显然，每种药都是一个创新。时间是最大的革新家。如果在时间的进程中一些东西变坏了，而人的智慧与判断却不能使它们变好，那结果会是怎样呢？

确实，习俗上确立了的东西，即便不好，至少是合宜的；那些长期并行的事物，在某种程度上，成了一个整体；而新的事物，就不能那么好地融合进去了。它们因为有用而对人有好处，但又因为不协调而引起各种麻烦。更何况，新事物就像是异邦人，令人讶异的多，叫人喜爱的少。

假如时间是静止不动的，那么前面所说的就都是对的；可是正相反，时光迁流不停，墨守成规和勇于创新一样，也会引起动荡。过分尊古的人，必然会被求新者所嘲弄。

因此，革新者最好以时间本身为榜样。时间确实在做大幅度的革新，但它是静悄悄地，几乎让人看不出地逐步做的。因为不管怎样，凡是新的事物都不是人们期待中的。它会对有些方面有所改善，在有些方面又造成破坏。那些获益的人会以之为幸运，并感谢时代；那些受损的人则会以之为不公，并归罪于革新者。

最好不要在国家里做实验，除非是有迫切的需要，或者是明显的好处。并且要注意，是改革带来变化，而不是喜新厌旧，想要变化，只是把改革作为借口。

最后，求新求异的做法虽不能一概摒弃，但总是叫人起疑。如《圣经》所说："你们当站在路上察看，访问古道，哪是善道，便行在其间。"[2]

1 按当时的宗教观念，指被亚当和夏娃的原罪败坏了的人性。

2 见《圣经·旧约·耶利米书》第6章第16节。

时间
是最大的革新家

The Cotton Exchange in New Orleans 1873
[法]埃德加·德加 E.Degas

25

论快捷

夸示快捷是做事时最大的危险之一。这就像医生们所说的“消化不充分”或“消化过快”，肯定会使体内充满了未消化物，和许多隐秘的病根。因此不要用开会的次数或长短，而要用事情的进展来衡量快捷。就像在赛马时，马的步幅大或蹄子抬得高不一定就跑得快。同样，在办事时要依靠的是抓得紧，而不是贪多嚼不烂。

有些人一心只想快点结束，或编造出虚假的阶段性成果，以博得精明强干的美名。但删繁就简是一回事，偷工减料又是另一回事。这样经过多次会议或讨论的事务的进展，总是反反复复，忽快忽慢。我认得一位智者[1]，他在看到别人想过快地了结一件事时，总是说一句谚语：“稍等，这样我们就能结束得快一点儿。”

话又说回来，真正的快捷是十分宝贵的。因为时间是衡量办理事务的尺度，就像金钱是衡量商品的尺度一样。如果没有快捷，处理事务的代价就很高了。斯巴达人和西班牙人办事慢是出了名的。“让我的死神从西班牙来吧”，因为那样，它肯定会来得很慢。

有人向你报告有关事务的第一手情况时，要认真地听取。与其在他们汇报的半途中打断他们，还不如事先就给他们以指示。因为被打乱了说话次序的人在试图回忆起自己想说的东西时会颠三倒四，而且会比让他按自己的思路讲下去更啰唆乏味。当然，会议主席比发言者更叫人讨厌的情形也并不鲜见。

重复一般来说是浪费时间。但反复强调问题的关键却最能节省时间，因为这预先消除了许多无关紧要的话语。冗长而精妙的演说之不利于快捷，就像有长长的拖

1 培根指的是埃米亚斯·波利特爵士（Sir Amyas Paulet），伊丽莎白女王派往法国的大使，培根在1576年曾与他同赴法国。

裾的袍子或披风之不利于奔跑一样。开场白，离题话，客套的致歉，和其他有关发言者本身的言谈都是对时间的极大浪费；这些表面上看是出于谦虚，其实都是自我炫耀。

但要注意的是在别人说话似有障碍或困难时，不要太开门见山，因为在讲自己全神贯注地考虑的问题时确实需要来一段开场白，就像先做热敷能帮助药膏进入身体一样。

至关重要的是，排定次序、做好分类、挑出关键的部分，这些是快捷的生命。分类不可过细。不会分类的人永远处理不好事物；而分类太细的人，永远不能爽快地脱身。

选好时机就是节省时间；不合时宜地采取行动等于白费力气。处理事务分三步：

准备，
辩论或调查，
然后是完成。

如果你寻求快捷的话，只有当中一步可以让多人参加；第一步和最后一步都只能让少数人来做。

事先写好一个议事日程总的来说有利于快捷。即便它最后全被推翻，但这种否决意见也比漫无头绪的讨论要更有提示意义，就像草木灰要比尘土更有肥力一样。

Voiliers à Cannes

[荷]凯斯·凡·东根 Kees van Dongen

26

论伪智

一直有这么一种说法，即法国人实际比外表要聪明，而西班牙人外表比实际要聪明。两个民族之间是否有这样的差别先不去说它了，人跟人之间确实是这样的。关于虔诚，耶稣的使徒[1]曾这么说："有敬虔的外貌，却背了敬虔的实意。"[2]

确实有这样的人，只有很少的智慧或能力，甚至根本没有，但很会装腔作势："做一些小事，却大事张扬。"[3]

这些徒有其表的骗子用什么遁词诡计，用怎样的玻璃透镜来把浅薄的外表变成有深度和体积的实体，在有见识的人看来，

1 指圣·保罗。

2 见《圣经·新约·提摩太后书》第3章第5节。

3 此语出自特伦斯（Terence，约前195—前159，古罗马剧作家）的作品《自我折磨的人》。

是可笑的、适合写进讽刺作品的。有些人老是神秘兮兮，好像只愿在昏暗的光线下把货品给人看；总是欲言又止；心里晓得自己并不真的了解在谈论的东西，却还要对别人装腔作势，好像不便明言似的。

有些人用表情和手势来给自己帮忙，靠作怪相来假装聪明，就像西塞罗所说的皮索：“你回答说你不赞成虐待，一边把一道眉毛扬到了前额，一道眉毛垂到了下巴。”[4]

有些人以为，靠说大的字眼儿，和做出高傲之态，就可以蒙混过关；只要把他们不能证明的东西当作正确的加以接受，就行了。

有些人碰到他们所不能理解的东西，就装出瞧不起的样子，说这些都是无足轻重、无关紧要的，以为这样他们的无知就可以冒充见识了。

有些人总是有不同的见解。他们会在无关紧要的细枝末节上做一下文章，引人发笑，避开问题的本质。关于这种人，盖里亚斯是这么说的：“他是个疯子，用词语上的挑剔坏了大事。”[5]

4 见西塞罗《斥皮索》一文。皮索（Piso），罗马元老院元老，恺撒的岳父，曾为马其顿总督，前55年卸任返回罗马。此文即西塞罗在元老院中攻击他任总督时贪暴的演说辞，在描述皮索的表情时当然有夸张的成分。

5 A. Gellius是生活在2世纪的古罗马作家。但这句话其实是古罗马修辞学家昆提利安（Quintilian，35？—96）对古罗马剧作家塞内加（Seneca，前4—后65）的风格的评论。

关于这一类人，柏拉图也在他的《普罗塔戈拉斯篇》中，引入了普罗狄科斯这么一个可笑的人物，让他说了一段话，从头到尾都在分别异同。[6]

一般来说，这样的人在所有讨论中都觉得站在否定一方要容易些。因为所有提议被否决后就算完了；但如果它们被通过的话，就需要开始新的工作。所以，对公事而言，伪智是个祸害。

总而言之，不管是生意衰败的商人还是徒有其表的破落户，他们死撑门面的诡计之多，都比不上这些尽力维持其才士声誉的腹中空空之人。伪智之士可以沽名钓誉，但谁也别任用他们。任用执拗的人来处理公事，也比任用这样金玉其外的人要好得多。

6 Protagoras 和 Prodicus 都是前5世纪末至前4世纪初的希腊智者派哲学家。柏拉图称该学派为诡辩派。

Café Florian à Venise 1921
[荷]凯斯·凡·东根 Kees van Dongen

ORIAN
FLORIA

27

论友谊

“以孤独为乐者，要么是野兽，要么是神灵。”[1]说这话的人，很难再用寥寥数语，把更多的真理和谬误混合在一起了。一个人如果对社交天生就有隐秘的厌恶与反感，那么他身上就带有一些野兽的性质，这是很正确的。但说这带有神性，就是极不正确的了，除非他隐居避世，不是因为孤独带来的快乐，而是因为想得到更高层次的生活方式的缘故。

有些异教徒就假装是这样，比如克里特人埃庇米尼得斯[2]、罗马国王努马[3]、西西里人恩培多克勒[4]、蒂亚纳人阿波罗尼乌

1　语出亚里士多德《政治学》第1章第2节。

2　Epimenides（约前600—前500），克里特岛上的哲人、预言家，据说在沉睡了五十年之后获得了预言的能力。

3　Numa（约前715—前673），罗马国王。据说他常常屏人独处，从女神埃基里娅（Egeria）那里接受神示。

4　Empedocles（约前493—前433），西西里的诗人和哲学家。

斯[5]，基督教早期的许多隐士和长老，则真正是因为追求与神的交流，而选择隐居独处的。

但一般人并不理解何为孤独，也不知道它可以达到的范围。因为在没有爱的地方，虽有成群结队的人，他们却并非你的伙伴；虽有各色各样的面孔，但看起来就像是一排画像；虽有纷呶的语音，但听起来就像是嘈杂的锣钹。[6]有一句拉丁文谚语说得很贴切："城市大，孤独也大。"[7]

因为在大城市里，朋友散得很远；不像在比较小的城镇里，人们可以有亲密的伙伴关系。但我们可以进一步断言，缺乏真正的朋友，是纯粹的、可悲的孤独。没有朋友，世界只是一片荒原。即便在孤独的这个意义上，那些在天性和情感上不适合友谊的人，他接近的也是兽，不是人。

友谊的一个主要功用，就是各种各样的激情都会引发的内心紧张与不安，可以得到排解与宣泄。我们知道，身体上的梗阻和窒息是最危险的，心灵也是一样。你可以服用菝葜来清肝，钢剂来清脾[8]，硫黄粉来清肺，蓖麻油来活脑，但除了真正的

5 Appollonius，基督教早期的苦修者，出生于今土耳其的蒂亚纳，后周游至希腊定居。

6 见《圣经·新约·哥林多前书》第13章第1节："我若能说万人的方言，并天使的话语，却没有爱，我就成了鸣的锣、响的钹一般。"

7 原文为拉丁文，见于伊拉斯谟《格言集》一书。

8 服用钢剂，是瑞士医学家、炼金家帕拉塞尔苏斯（Philippus Aureolus Paracelsus，1493 — 1541）提出的一种疗法。

城市大

孤独也大

朋友，没有一种药可以帮你宽心。对朋友，你可以在世俗的忏悔或告解中，提出劝告，倾诉悲伤、快乐、恐惧、希望、怀疑，或任何其他压在你心头的东西。

许多身居高位的君主，对我们刚才谈到的友谊的功用十分珍视。许多时候，为了换取友谊，他们常常不顾到自己的安全和地位。看到这一点，真令人感到奇怪。君主由于和臣民及仆从的地位相差悬殊，不能得到这友谊的功用，除非（为了让自己能得到）他们把有些人提拔到类似于自己伴侣的位置上，几乎和他们平起平坐，而这常常会造成许多弊端。现代语言把这类人称为宠臣或幸臣[9]，仿佛这只是个因为恩宠与亲昵而产生的问题；但罗马人称这类人为“分忧之人”[10]。这个名称才说出了这样的人的用处和产生的原因，因为正是“分忧”把君主和宠臣联结起来的。

我们清楚地看到，并不是只有软弱和感情用事的君主才有幸臣，最明智、最有手腕的君主也有。他们有时和臣仆结交，把他们称为朋友，并且允许旁人也用这个常人在私交中所用的词来称呼他们。

9 原文为西班牙语 privadoes。

10 原文为拉丁文。

苏拉在统治罗马时，把庞培提拔到高位（后来还给他加上“伟人”的称号），后者还吹嘘说他的地位已经超过了苏拉。庞培帮他的一个朋友和苏拉举荐的人竞争，获得了执政官的位置。苏拉对此心怀不平，开始以居高临下的口吻说话。庞培便反唇相讥，叫他免开尊口，因为“爱朝日者多，慕夕阳者寡”[11]。

在尤利乌斯·恺撒那里，德西慕斯·布鲁图斯[12]也被另眼相待，恺撒在遗嘱中把他仅排在外甥[13]之后，作为第二号继承人。

正是这个人，有力量把恺撒引向死地。因为一些凶兆，尤其是卡尔普妮娅[14]的一场噩梦，恺撒本来要让元老院散会。正是布鲁图斯，轻轻地托着恺撒的手臂，把他从椅子上扶起，并对他说，自己希望恺撒不要等到他的妻子做个好一点的梦，才让元老院开会。安东尼在一封信中，称布鲁图斯为“巫师”，因为他如此受宠，就像是让恺撒着了魔一样。西塞罗在他的一次抨击性演讲[15]中，逐字地引用了这封信。

奥古斯都把阿格里帕[16]擢升到很高的位置（尽管他出身低贱），以致后来他就女

11 见普鲁塔克《庞培传》。

12 Decimus Brutus（前85—前43）：古罗马政治家、军事将领，刺杀恺撒的主谋之一。

13 指奥古斯都（前63—14），恺撒的外甥，罗马帝国第一位皇帝。

14 Calpurnia（？—前44）：恺撒的第三个妻子。因噩梦劝恺撒不要去元老院，恺撒不听，结果遇刺。

15 原文为Philippics，即长篇的激烈演讲。

16 Agrippa（前63—前12）：古罗马政治家和军事将领和建筑家。他是屋大维的亲密朋友和女婿，也是他的副手。曾率海军在前31年的Actium之战中击败了安东尼和埃及女王克里奥佩特拉的联军，并建造了罗马的一些最为宏伟的建筑。

cony 1880

] 古斯塔夫 · 卡耶博特 Gustave Caillebotte

儿茱莉亚的婚事征求麦西那斯[17]的意见时，麦西那斯就大胆地对他说："你要么把女儿嫁给阿格里帕，要么就杀了他，没有第三条路，因为你已经把他提拔到那么高的位置了。"

在恺撒提比略在位的时候，塞扬努斯[18]的地位被拔擢到那么高，以致两人被看作并被称为一对朋友。提比略在一封致塞扬努斯的信中写道："因为我们之间的友谊，我并没有向你隐瞒这些事。"为了他们两人之间的亲密友谊，整个元老院还给友谊造了一座祭坛，就好像它是一位女神似的。

塞普提缪斯·塞维鲁和普劳提阿努斯[19]的友谊有过之而无不及。因为塞维鲁强迫长子娶普劳提阿努斯之女为妻；并且在普劳提阿努斯轻侮他儿子的时候，予以袒护。塞维鲁在给元老院的一封信中，确曾这样写道："我爱这人如此之深，愿他能后我而死。"

如果这些君主都是像图拉真[20]或马可斯·奥勒留[21]那样的人，那么我们也许会认为这种友谊出自他们宽宏善良的天性。但他们都是些为人精明、头脑健全、作风严苛、极度自爱的人，这极为清楚地证明，他们觉得自己的幸福（尽管已达凡人所能达到的顶点）是不完全的，只有一个朋友才能使之圆满。而且，这都是些有妻子、儿孙、侄甥的人，但这些人都无法提供友谊的安慰。

科明尼斯[22]所说的关于他的第一位主公"勇敢者查理"公爵[23]的话，我们不该忘记。他说，公爵不愿把秘密，尤其是那些最让他为难的秘密，告诉任何人。他接着说，到了公爵的晚年，"这种守密的习惯确实损害并部分毁灭了他的理性"。对他的第二位主公路易十一[24]，科明尼斯如果愿意的话，也会下同样的断语。守密对这位

17 Maecenas（前70 —前8）：奥古斯都的亲密朋友和顾问，并且是奥古斯都时代的诗人贺拉斯、维吉尔等人的重要赞助人。

18 Sejanus（前20 —后31）：有时亦作Seianus，罗马皇帝提比略的密友、亲信，在14 — 31年间任禁卫军统领。他在31年任执政官，但就在这一年被指控阴谋篡位并被杀。

19 Plautianus：古罗马皇帝塞维鲁的表兄弟和亲密朋友。197年任禁卫军统领，并因与塞维鲁的友谊而获得元老院的席位和在203年成为执政官。塞维鲁让儿子卡拉卡拉娶了普劳提阿努斯之女为妻，但卡拉卡拉讨厌他的妻子并深恨普劳提阿努斯，扬言要在继位后处死他们。普劳提阿努斯因而谋反，谋泄被杀。

20 Trajan（98 — 117间的罗马皇帝）在位期间开疆拓土，使罗马帝国的版图达到史上最大；建造了许多公共工程，并实施了许多社会福利政策，因此被后世认为是古罗马的“五贤帝”中的第二位。

21 Marcus Aurelius（121 — 180）：古罗马皇帝和斯多葛派哲学家，著有《沉思录》传世。古罗马“五贤帝”中的最后一位。

22 Comineus（1447 — 1511）：法国历史学家，曾先后在勃艮第公爵“勇敢者查理”和法王路易十一手下任职，著有《回忆录》一书。

23 Duke Charles the Hardy（1433 — 1477）：又称Duke Charles the bold。1467到1477年间的勃艮第大公。曾起兵反对法王路易十一。1477年在Nancy之战中，死于洛林公爵热内二世手下的瑞士雇佣军之手。

24 Lewis the Eleventh（1461 — 1483年间在位）：法国国王，又称“审慎的路易”（Louis the Prudent）。在位期间镇压了反叛的贵族，扩大了王权。

国王也是很大的折磨。

毕达哥拉斯[25]的比喻确实晦涩，却一语中的："不要吃掉你的心。"[26]的确，说得直率一点，那些没有朋友可以敞开心扉的人，是吃掉自己的心的食人生番。

但有一点是最令人惊奇的（我以此来结束对友谊的第一种功效的讨论），那就是，把自己的内心向朋友敞开，可以达到两种相反的效果：它会使欢乐加倍，让忧伤减半。因为人们把欢乐告诉朋友之后，总是更欢欣；把忧愁告诉朋友之后，烦闷便减少。

所以，友谊对人心的作用，就像是炼金术士以前说的点金石[27]对人的身体的作用：它可以造成各种相反的效果，但总是对人体有益无害的。

然而，即便不求助于炼金术士，在自然的普遍进程中，也可以看到这一情形的显现。因为对物体来说，合成物[28]总是能强化或维持任何一种自然中的作用，但反过来，又能减轻和削弱任何猛烈的冲击。（对物体来说是这样）对心灵来说也是这样。

2 友谊的第二个功用，就是疗治和维护理智的健康，正如它的第一个功用，是疗

25 Pythagoras（约前570—约前495）：古希腊哲学家、数学家和科学家。

26 原文的拉丁文为Cor ne edito。毕达哥拉斯的此言记录在普鲁塔克《道德论集》一书《论儿童的教育》一章中。

27 此石据说能治疗一切疾病。

28 比如合金。

治和维护情感的健康一样。因为友谊确实能使情感上的暴风雪，变为和煦的晴日；它也能使思想上的混乱与黑暗，变为清明。

这一点，不应只从人们自朋友那里得到的忠告来理解，而是在这之前，不管是谁，如果他思绪烦乱，那么在和友人交流和交谈的过程中，他的头脑变得清楚了，思路理清了；他可以更灵活地思考；把他的想法理得更有头绪；他看到了如果把他的思想变为语言的话，它们会是什么样子；最终，他变得更聪明了，一个小时的对话，要比一天连续不断的思索效果更好。

塞密斯托克利斯[29]对波斯王的话说得极好。他说："话语就像是展开了的阿拉斯的挂毯[30]，上面的图案都显现出来；思想则像是挂毯卷起来的时候。"[31]

并不是只有那些能给予忠告的朋友（这样的朋友确实是最好的），才能带来友谊的第二种功用，即打开理智。即便不能得到忠告，你也进一步了解了自己，让思想变得明晰了，就像在本身并不锋利的磨刀石上打磨了自己的头脑（尽管磨刀石本身并不能切东西）。一言以蔽之，对一座雕像或

29 Themistocles（前527—前459）：雅典政治家和军事将领。他是一位非贵族出身的雅典政治家，前493年被选为雅典执政官，力主增强雅典的海军军力。在击败前490年和前480—前479年的两次波斯入侵中起到了重要作用。后遭斯巴达陷害，流亡小亚细亚，在波斯王手下任职。

30 cloth of Arras：法国阿拉斯地方所产的绣花的挂毯。

31 此语记载于普鲁塔克《塞密斯托克利斯传》中。

Lucy Hessel and Jeanne Strauss at Étincelles 1902
[法] 爱德华・维亚尔 Edouard Vuillard

一幅画像说话，也比把自己的想法闷在心里好得多。

现在，为了把友谊的第二种功用说完整，我再补充更显而易见，连普通人也会注意到的另外一点，即朋友的忠告。赫拉克利特在他的一句隐语中说得很好："干的光总是最好的。"[32]确实，一个人从另一个人的建议中得到的光明，要比从他自己的理智和判断中得到的光明干燥和纯粹得多，后者总是浸透了他自己的情感和习惯。

朋友给你的忠告和谄谀者给你的忠告之间的区别，就像朋友给你的忠告和你给自己的忠告之间的区别一样大。因为没有比自己更大的谄谀者了；而朋友的直言无隐，则是对治自我谄谀的最好良药。

忠告分为两种，一种是针对道德，一种是针对事务的。对前一种来说，朋友出于忠心的劝诫，是保持心灵健康的最好药剂了。而严厉的自我批评，有时则像穿透力过强、腐蚀力太大的药品。阅读专作道德说教的书有点寡淡无味，死气沉沉。在别人的身上观察自己的缺点，有时又和自己的情形不符。最好的药方（我觉得最有

32 此语记载于普鲁塔克《罗米拉斯传》。

效，也最容易服用的）就是朋友的劝诫了。

许多人（尤其是身居高位的人物）犯下大错，做出荒谬绝伦的事，以致声名和财产都受到很大损失，就是因为缺乏朋友的直言，看到这一点真让人觉得很奇怪。如圣雅各所说：这些人就“像人对着镜子看自己的面目，转眼就忘了他的相貌如何”[33]。

至于事务方面的忠告，只要他愿意，有的人也许会以为，一只眼睛看到的并不比两只眼睛看到的少；一个身处游戏中的人，看到的总比旁观者要多；一个发怒的人，比背诵过一遍二十四个字母[34]的人要更清醒；毛瑟枪托在臂上和支在枪架上打得一样准；以及其他愚蠢而过分的妄想，以为自己无所不能。然而在走投无路的时候，只有好的忠告才能使事务走上正路。

如果有人愿意听取忠告，但他喜欢东听西听，在一件事上听取甲的忠告，在另一件事上又听取乙的忠告，这样的办法也不错（也就是说，比谁的意见也不听要好），但他冒着两种危险：一是他会得不到忠诚的建言。因为除非建言是来自一个完全诚心的朋友，否则它是很少不倾向于建言者

33 见《圣经·新约·雅各书》第1章第23节。

34 这里指背诵字母表以制怒。当时的英文字母表里还没有j和u这两个字母。这两个字母要到1630年以后才被加进去。

个人的某些目的的。

另一个危险是，他会得到有害和危险的建言（尽管它们的用意是好的），其中一部分能起到补救作用，另一部分却又能带来祸害。就像你请来一个医生，据说能治好你的病，但不熟悉你的身体。他也许能马上治好你的病，却在另一方面损害了你的健康。结果是治好了病症，却杀死了病人。

但如果是一个完全熟悉你情况的朋友，就会在推进你眼前的事务的时候，小心避免别的麻烦。所以，不能依赖零零碎碎的建言；它们会让你分心，使你走上歧路，而不会让你安心，给你指明方向。

友谊除了有以上两种卓越的功用（平和情感，支持判断）以外，还有最后一种功用；这种功用就像石榴一样多籽，也就是说，朋友可以参与你的各种行为和事务，起到助力的作用。

3

要把友谊在生活中的多重作用呈现出来，最好的方法就是数一下，看有多少事是一个人不能自己去办的。这样一来就会发现，古人的话“友人乃另一己身也”说得还不到位，因为朋友的作用远远超过了自己的一身。

生也有涯，许多人死的时候，还有许多重大的心愿没有完成，比如给孩子留一笔遗产，或完成一项事业，诸如此类的事。如果他有一个真诚的朋友，那么他就几乎可以安心瞑目，因为他死后会有人继续料理这些事情。

这样，在实现心愿方面，一个人可以说有两条命了。一个人只有一个身体，而这个身体是被局限于一地的。但是在他有朋友的地方，可以说生活中的所有公务他和他代理人都可以履行，因为他可以通过朋友去完成。

有多少东西是一个人因为脸面或谦虚的关系，不能自己说或做的？一个人要保持谦虚，就不能自夸自赞，更不用说大肆颂扬自己的优点了；也拉不下脸面来低声下气地祈请或恳求。诸如此类的事情还不少。但这些你自己说出来会脸红的东西，由朋友说出来就很得体了。

其次，一个人有许多合乎体统的角色要扮演，这些是他所不能摆脱的。对儿子，只能以父亲的口气说话。对妻子，也只能以丈夫的身份说话。对敌人，只能在商定的条件下会谈。但朋友就能就事论事，而不需要考虑什么才是符合他身份的话。这些事要罗列出来，是无穷无尽的。但我可以总结出这样一条规律，即当一个人无法合适地扮演自己的角色时，如果没有朋友帮忙，他就只能从舞台上下来了。

28

论花费

财富是用来花费的，花在行善和维持社会地位上。因此，应该根据事情的大小来决定额外花费的多少。为了国家和天国，人们都自愿捐出一些资产。日常的花费则应根据一个人财产的多少而定；要量力而行，不能受仆役的欺骗，让他们中饱私囊，并且要做得体面，但实际的花费又比外人的估计要低。

一个人如果要收支平衡，他日常的花销就只能是他收入的一半；如果他想变得富有的话，那就只能是三分之一。即便是地位最高的人物，检点自己的财产也不是一件降尊纡贵的事。有的避免这么做，并不完全是出于疏忽，而是怕万一发现自己已经破产，会陷入忧郁之中。但是伤口不经过探查，是不会自己长好的。

全然不能自己管理财产的人，不仅要好好挑选雇来的人，还要经常更换，因为新来者比较胆小，也没有那么狡猾。而那些只能偶尔检视一下账目的人，有必要给所有开支项目规定一个额度。

一个人如果在某一方面花销特别大，那就必须在其他方面节省。如果他在饮食上花销特别大，那就在衣着上节省；如果在待客上花销特别大，那就在养马上节省；以此类推。如果在各方面都花销很大的话，那是很容易破产的。

在清偿债务的时候，一下结清和久欠不还，都可能带来不利。因为匆忙变卖财产，通常和支付欠债的利息一样不利。而且，一下结清债务的人还会重蹈覆辙；发现自己摆脱困境以后，他会故态复萌。而逐渐还清债务的人会养成节约的习惯，这对他的心灵和财产都有好处。

有家业要振兴的人，就不能轻视小节。一般来说，减少各种小的花费，要比锱铢必较地去增加小额的收入更体面些。对于一经开端，就会持续下去的开销，要小心一些；对于不会再度发生的开销，就可以大方一些。

The Millinery Shop 1885
[法]埃德加·德加 E.Degas

29

论王国与国家的真正强大

在一次宴会上，有人请雅典人塞密斯托克利斯弹鲁特琴，他说："我不会弄琴[1]，但是能把一个小镇变成一座大城。"他的话把功劳都揽到自己身上，太自高自大了。但如果一般地用在别人身上，却是严肃而智慧的言论。

这些话（如果再引申一下）说的就是处理国政者的两种不同的才能。如果把议事官和从政者认真考察一下，就会发现有些（尽管为数很少）确实能使小国变为大邦，但不会弄琴；另一方面，却会发现有很多人琴弹得很巧妙，但完全不能使一个小国

1 原文fiddle是双关语，既有"弹奏"的意思，也有"欺骗"的意思。

2 原文为拉丁文negotiis pares。

3 见《圣经·新约·马太福音》第13章第31—32节。

变为大邦，因为他们的才能在另一方面：让一个强大繁荣的国家崩溃衰败。

显然，这些堕落的技巧和诡计，是许多议事官和地方官赖以取悦上司和邀名于流俗的东西，以“弄琴”名之，是最合适不过了。这些东西只能取得时人的欢心，并让这些人自以为风雅，但无益于他们所服务的国家的福利与进步。

（无疑）议事官和地方官中也有干员（胜任其职务的[2]），有处理国事的能力，能够避开各种危局和明显的麻烦。但提升和扩大国家的力量、资源和财富的能力，还根本谈不上。但不管做事的人怎样，我们先来谈一谈要做的事，也就是王国和国家的真正强大，和达到这种强大的途径。这是一个有权势的英主应当考虑的问题，目的是既不要过高估计自己的力量，在徒劳无功的事业中迷失自己；也不要妄自菲薄，作出畏葸怯懦的决定。

一个国家疆土的广大，是可以测量的；财力和收入的多少，是可以计算的。人口可由登记得见，城镇的数目和大小可由地图而知。但在国家事务之中，没有比正确估计和确实判断一国的力量更容易犯错的了。耶稣没有把天国比为大的种子或坚果，而是比为一粒芥子[3]；这是最小的种子之一，但却有迅速生长和蔓延的特性与活力。

因此，有些国家领土广大，却不适合扩张或领导他国；也有些国家，就像主干并不粗大的植物，却有适合成为强大帝国的基础。

如果民众的血系和性情不是勇武而好战的话，那么城市的城墙、充实的武库和军械库、善跑的战马、战车、大象、辎重、大炮，以及诸如此类的东西，都只是披着狮皮的绵羊而已。如果民众胆小如鼠，那么军队人数的多少（本身）是无关紧要的，正如维吉尔所言："狼从不在乎绵羊数量的多少。"[4]

在阿比拉[5]的平原上，波斯人的军队就像是一片海洋，这让亚历山大大帝的军队将领们有些惊惶。他们来到亚历山大的面前，提出在夜间偷袭波斯军，但亚历山大答道："我不想窃取胜利。"结果他轻而易举地击败了波斯军。[6]

亚美尼亚王提格雷尼斯[7]率军四十万，驻扎在一个山丘上，当他发现正在向他行进的罗马军队人数不超过一万四千人时，就嘲笑罗马军道："这些人作使节则太多，来打仗则太少。"[8]但在太阳落山之前，罗马军就把提格雷尼斯打得落荒而逃，并杀死了无数亚美尼亚军士。

人数不及勇气的例子有许多。因此我们可以断言，一个国家要强大的关键，就在于有一批勇武的人。"金钱是战争的筋肉（力量源泉）"，是句浅薄的老生常谈。卑怯柔弱的民族，武士臂膀上的筋肉也在衰退，在那里金钱也起不了作用。

克瑞萨斯[9]为了炫耀，向梭伦[10]展示他

4 见维吉尔《田园诗》第7章第51 — 52行。

5 Arbela：叙利亚名城。前331年，亚历山大率军在此大败波斯王大流士三世的军队。

6 此语见普鲁塔克《亚历山大传》。

7 Tigranes（前140 —前55）：提格雷尼斯二世，在他治下的亚美尼亚一度是罗马东面最强的国度。前69年他与罗马名将卢库拉斯所率的罗马军队交战，为其所败。

8 此语记载在普鲁塔克《卢库拉斯传》。

9 Croesus（约前560 —前546年间在位）：吕底亚国王，以多财闻名。前546年为波斯王塞拉斯所败，国灭。

10 Solon（约前630 —前560）：古希腊政治家、诗人和立法者。他在雅典的宪法、经济和道德生活方面进行了一系列的改革，奠定了雅典民主政治的基础。

fishing boats,calm sea 1868
［法］克洛德·莫奈 Oscar-Claude Monet

的藏金，梭伦说：“陛下，若有另一人前来，他的剑胜过陛下的剑，他就是所有这些金子的主人了。”这话说得非常好。

因此，君主或国家要谨慎地评估自己的力量，除非他的国民军[11]是由优良而勇猛的战士组成的。但另一方面，有生性好战的臣民的君主，也应知晓自己的力量，除非他的臣民因其他原因而虚弱。至于雇佣军（他们在臣民虚弱的情况下可以作为一种补救方法），所有的先例都已证明，哪个国家或君主依赖他们的话，可以飞翔一时，但不久他的翅羽都会掉落。

犹大族和以萨迦族的命运是不会重合的。[12]同一个民族或国家，不能既是幼狮，又是负重的驴。身负重税的民众，不会又变得勇武好战。经由国家同意的税收，挫伤民众的勇气较少，这一点是确实的。低地国家征收的消费税，就是一个明显的例子。英国给王室的特别津贴，在某种程度上也是如此。

读者必须注意的是，我们现在谈的是精神而不是钱包的问题。尽管是一样的赋税，经过同意的还是强加的，对钱包来说

11 militia：此处指由一个国家的公民组成的，而非专业的军队。

12 见《圣经·旧约·创世记》第49章。犹太人的先祖雅各临终时把儿子们叫来，预言其将来的命运，称犹大为幼狮，以萨迦为强壮的驴。

13 原文为拉丁文Terra potens armis atque ubere glebae。

是一样的，对勇气的作用就不一样了。因此可以得出结论，承担过重赋税的民众是不适于建立帝国的。

有志于成为强国的国家，不可让贵族和绅士阶层增长过快。因为这会使平民变为农奴和雇农，失去上进之心，成为绅士阶层事实上的劳工。

所以，在国家里，绅士阶层的人数过多的话，平民就降为卑贱。最终将造成这样一种情形，即在一百个人里面也找不出一个宜戴头盔的。对于作为军队核心的步兵来说尤其是如此。因此，尽管人口众多，军力却很微弱。

把英国和法国相比较，就可以看到我所说的这一点的最好例子：两国之中，英国的领土面积和人口数量都远不及法国，（然而）英国仍是法国的劲敌。因为英国的自耕农可以成为很好的士兵，而法国的农奴却不行。

在这件事上，英王亨利七世所施行的规划（我在他的传记里详述了），是深刻而令人钦佩的。他为农场和农家制定了一个标准，为的是每户都要有一定数量的土地来维持，使臣民能生活充裕，不至于沦为贱役。这使得耕地者就是土地的主人，而不仅仅是雇工。这样，就可以达到维吉尔所描述的古代意大利的情形了：

一个土地肥沃，兵力强盛的国家。[13]

还有一个阶层是不容忽略的（就我所知，这是英国特有的一个阶层，也许除了在波兰，别处几乎是找不到的），我指的是贵族和绅士的自由仆役和随从。作为军士他们一点也不比自耕农逊色。

因此，毫无疑问，贵族和绅士阶层衣冠楚楚，排场盛大，随从众多，殷勤好客，这些成为风习之后，是有助于达成盛大的武功的。相反，贵族与绅士阶层的生活吝啬节制，会导致军力的贫弱。

尼布甲尼撒梦中所见的象征王国的主干，要粗大到能够支撑分枝，[14] 这一点务必要做到。也就是说，君主或国家的土生土长的臣民，和他们所统治的外来臣民，其多少应保持足够的比例。

所以，所有对外国人入籍持开放态度的国家，都适合成为帝国。以为一小群人，可以靠绝大的勇气和深沉的计谋，拥有太大的国土，这样的国家也许能够维持一时，但会突然土崩瓦解。

斯巴达人在外族入籍的问题上是极苛刻的。因此，在他们守着故土的时候，国家是稳固的。但当他们扩张的时候，他们的枝条对主干来说太沉重了，国家就如风吹果落，突然覆亡了。

在开放地接受外族人加入他们的群体

14 见《圣经·旧约·但以理书》第4章巴比伦王尼布甲尼撒所做的梦。

15 原文为拉丁文jus civitatis。

16 这些分别为拉丁文jus commercii，jus connubii，jus haereditatis，jus suffragii，和jus honorum。

这一点上，没有一个国家比得过罗马人了。他们也得到了相应的结果，扩张成了最大的帝国。他们的方法是允许外族人入籍（他们称之为授予公民权[15]），并最充分地授予这种权利，即不但授予贸易权、婚姻权和继承权，也授予选举权和担任公职权。[16]这些权利不但授予个人，也授予整个家族，整个城邦，有的时候是整个国家。

再加上罗马人有殖民的习惯。这就像把罗马的植物，移植到了别国的土壤里。

把允许外族入籍和海外殖民这两项制度加在一起，你就可以说不是罗马扩张到了全世界，而是全世界扩张到了罗马。

我也曾对西班牙感到惊讶，他们只有这么少的土生土长的西班牙人，是怎么保有和控制如此广大的属地的呢？

当然，西班牙的本土，是一根很粗的主干，比罗马和斯巴达开头的时候，面积要大得多。而且，尽管他们没有让外族大量入籍的惯例，但他们有仅次于此的办法，即几乎一视同仁地招募各个国家的人充当军队的普通士兵，有的时候甚至担任最高级的将领。不过，从最近发布的国事诏书来看，他们似乎意识到了本国人口的不足。

可以确定的是，需要久坐和在室内操作的手艺，以及精细的制造（它们需要的是手指而不是手臂的动作），在性质上和好武的性情是相反的。一般来说，所有好战的人都有些游手好闲，喜欢冒险，不爱劳作。如果要他们保持活力的话，不可使他们过于疲惫。

因此，斯巴达、雅典、罗马等古代国家，可以利用奴隶来从事这些手工艺生产，这是它们的一大优势。但基督教的律法已使奴隶制在绝大多数地方被废除。最接近奴隶制的，就是把这些手工艺生产留给外国人（他们也因此更容易被接纳），而把本地平民中的大多数，限制在这三类职业上：土地的耕种者，自由的仆役，和需要膂力、富有男子气概的手工业者，如铁匠、石匠、木匠等，职业军人还不包括在内。

但为了建成强大帝国，至关重要的是一个国家必须将武事视作主要的荣誉、学问和职业。因为我前面所说的那些东西，都只是武事的准备；如果没有目的和行动，那么准备又有何用？

罗米拉斯[17]在死后（传说是这样，也可能是杜撰）给罗马人留下遗言，让他们要将武事视为头等大事，这样他们将建成世界上最强大的帝国。

斯巴达国家的结构，是完全按军事的目的和结构来设计和构成的（尽管并不明智）。波斯人和马其顿人有短时期也是如此。高卢人，日耳曼人，哥特人，撒克逊人，诺曼人等有一阶段也是这样。土耳其人到今天还是这样，尽管其军力已大为衰落。

在信奉基督教的欧洲，只有西班牙人才是真正这样的。

17 Romulus：罗马神话传说中，罗米拉斯与其孪生兄弟瑞摩斯为战神之子，他们一起创建了罗马城。

一个人只有在致力最多的事情上才会有最大的收获，这一点显而易见，不必多言。只需指出这一点就够了，即没有一个国家能不直接致力于武事，却指望强大会从天而降。

另一方面，那些长期致力于武事（如罗马人和土耳其人）的国家，将会创造奇迹，这是已为历史证明了的预言。而那些只在某时期致力于武事的国家，在那个时期也普遍达到了强大，并且在他们对武事不再那么钻研，对武力的运用已经衰退的时候，昔日的荣光还能使这个国家维持很长一段时间。

和这一点相关联的是，一个国家最好有一些法律和习俗，让他们有（可以提出的）正当的理由来发动战争。因为在人性中有那么一种深刻的正义感，如果没有一些至少是说得通的理由或依据，他们是不愿加入（会导致许多灾难的）战争的。

土耳其人以传播他们的法律和宗教作为战争的理由，这是他们随时都可以用的一个借口。

罗马的将军们拓展了帝国疆域的时候，罗马人将其视为这些将领的极大荣耀，但他们并不以此为发动战争的唯一理由。

因此，首先，有志于强大的国家，对侮辱要敏感，不管是对边民的，对商人的，还是对官方使节的；在受到挑衅时，也不能坐视太久。

其次，有志于强大的国家，必须像罗马人那样，时刻准备着援助和解救盟国。以至于，如果这个盟国还与好几个其他国家有防御的盟约，并且在受到侵略的时候，分别向这几个国家求援，罗马总是最先出兵，不让他国得到这个荣誉。

The Coal Scuttles 1889
[瑞]菲利克斯·瓦洛东 Felix Vallotton

至于古人为支持他国国中的某个派系，或为支持有相同政治制度的国家而发动的战争，比如罗马人为了保护希腊的自由而发动的战争[18]，还有斯巴达人和雅典人为了扶立或倾覆民主政治和寡头政治而发动的战争[19]；外国以正义或保护为借口，声称要把别国的臣民，从暴政和压迫中解放出来而发动的战争；诸如此类，我都看不出来有什么正当的理由。

一言以蔽之，一个国家如果想要强大，就得对任何正当的动武借口保持警觉。

不管是人体还是国家，要健康都必须锻炼。对一个王国或国家来说，正义和光荣的战争，无疑就是真正的锻炼。

内战，确实就像身体生病发烧；而与外国开战，则像是锻炼时的发热，有让身体保持健康的作用。因为在懒惰的和平中，人的精神会变得柔靡，风俗会变得腐败。

但是，不管这对幸福的影响是什么样，大多数时候处于战争状态，毫无疑问能使国家强大。

有一支强大的身经百战的常备军（尽管在财政上负担很重），能使一国获得在它

18 指前200—前197年间第二次马其顿战争。

19 指伯罗奔尼撒战争。

20 Actium为希腊西海岸的一个海角。前31年屋大维于此大败安东尼的海军。

21 Lepanto：希腊西部海峡。1571年，奥地利大公约翰率罗马教廷、西班牙和威尼斯的联合舰队大败土耳其海军于此。

所有邻国当中的霸权地位，或至少是有这样的名声。西班牙就是这样，它已经差不多连续不断地在世界各地驻有常备军，有一百二十年了。

成为大海的主人，是通往帝国的捷径。西塞罗在给阿提克斯的信中，写到庞培针对恺撒的备战方略："庞培的计划，是极为塞密斯托克利斯式的。因为他认为，谁掌握了海洋，谁就掌握了战争。"毫无疑问，如果庞培不是因为傲慢自负而放弃了原来的策略，他是会拖垮恺撒的。

我们可以看到海战的重大后果。亚克兴海战决定了谁是世界性帝国的主人。[20]勒班陀海战[21]阻止了土耳其人的扩张。海战的胜负决定了一场战争的胜败，这样的事例有许多，这是君主或国家在海战上孤注一掷的结果，但有一点是确定的，谁控制了大海，谁就获得了很大的自由，可以选择进攻，也可以避免交战。相反，那些陆军强大的国家，却常常陷入困境。

当然，今天，欧洲各国都有强大的海军优势（这也是大不列颠这个王国主要的天然优势之一）。一则因为欧洲的大多数王国都不完全是内陆国家，大部分国境是由海洋环绕着的；再则因为能否得到东西印度群岛的财富，似完全取决于能否控制海洋。

和古代的战争给人带来的光辉与荣耀相比，近代的战争简直是在黑暗中打的。为激励士气，今天也有一些荣誉称号和骑士勋章；但这些对军人和非军人，都不加区分地颁发；也许还有纹章上的纪功，残废军人的医院之类的东西。但是在古代，有在战胜的地点竖立起来的胜利纪念柱；对战死者，有葬礼上的颂词和纪念碑；有奖给个人的花冠与花环；有大元帅的称号，这一称号后来被世界各国有权势的君主借用了；有统军将领回国时举行的凯旋式；有解散军队时给士兵分发的丰厚犒赏，这些都是能鼓舞起人的勇气的东西。

这其中，最重要的莫过于罗马人的凯旋式，它并不是盛大华丽的场面，而是世上曾存在过的最聪明伟大的制度之一。因为凯旋式包含了三样东西：给将帅们的荣誉；从战利品里拿出来的上交国库的财富；给军队的犒赏。

但是，给将帅这样的荣誉也许是不适合君主制国家的，除非这荣誉是给君主本人，或君主的子嗣，如在罗马皇帝们统治时的情形。凯旋式供罗马皇帝和他们的子嗣专用，只有在他们亲自领兵打了胜仗以后，才举行真正的凯旋式；如果臣民打了胜仗，只给将军颁发庆功的服装和勋章。

结论是：没有人能“用思虑”[22]（如《圣经》所说）使人的小小身量“多加一肘[23]”；但对于大体量的王国或共和国来说，君主或政府是有力量让他们的国家富足强大起来的。如果引入我已简短论述的那些法令、习俗和治理方法，他们将给后世和继任者播下强大的种子。但这些普遍得不到奉行，国运也留给了偶然。

22《圣经·新约·马太福音》第6章第27节：“你们哪一个能用思虑使寿数多加一刻呢（或作‘使身量多加一肘呢’）？”

23 肘即肘尺cubit，约合18 ~ 22英寸。

30

论养生法

一个人自己的观察，什么于己有益，什么于己有害，乃是最好的医药。这其中包含着超越了医药原则的智慧。但是说“这和我不相宜，所以我不会要用”，要比说“我觉得这对我没什么害处，所以我可以用”要更有把握一些。

人年轻时身强力壮，许多过度的行为都不放在心上，但这些都是欠账，到年老时必须偿还。要意识到自己年龄的增长，不要老想着去做同样的事情，因为年龄是不容挑战的。

在饮食上，当心不要突然作任何重大

的改变。如果不得不作的话，其他部分也要作相应的调整，因为在养生和治国中都有一个秘诀，那就是同时改变许多事情比只改变一件事情要更安全。[1]

省视你的饮食、睡眠、运动、穿着等各方面的习惯，然后把你认为有害的部分，一点一点地戒除。这样的话，如果你发现变化带来什么弊病，可以马上改回去：因为要把哪些是一般人认为有益健康的东西，和哪些是对你个人有益、适合你身体的东西区分开来，是十分困难的。

在吃饭、睡觉和运动时心无挂碍、乐观开朗，是延年益寿的最好诀窍之一。至于内心的情感和牵挂，比如嫉妒、焦虑、恐惧、压在心里的愤怒、无法排解的悲伤等等，都要设法避免。要怀有希望；保持愉快但不要追求狂喜；喜好要多样，但不能过多；保留好奇与惊羡，由此维持对新奇事物的兴趣；要不断学习，使头脑充满辉煌灿烂的东西，比如历史、神话和对自然的研究。

如果你在健康时完全避免服药，当你需要服药时身体就会不习惯。如果你服药太频，真有病时药物就不会很有效。我个人建议随季节变换饮食，而不要太频繁地使用药物，除非这已养成习惯。因为饮食可以更大地改变身体的状况，却较

1　此语亦见于马基雅维利《论李维》一书第1卷第26章。

少扰乱它。

身体上发生任何突然的变化，都不可以等闲视之，要去咨询医生。生病时，主要关注健康的恢复；健康时，主要关注锻炼。在健康时锻炼身体的人，在大多数不是很厉害的疾病中，只要注意饮食和调养，就能痊愈。

在谈到健康和长寿的一大秘诀时，塞尔苏斯[2]说人应当变化饮食起居的规律，轮流尝试相反的生活方式，但要更偏向于有益的那个极端：禁食和饱餐交替，以饱餐为主；熬夜和足睡交替，以足睡为主；休息和运动交替，以运动为主；以此类推。这样既维护了健康，身体又得到了锻炼。塞尔苏斯如果只是一名医生而不是一位哲人，是说不出这样的话的。

有的医生过于迁就和迎合病人的脾气，不坚持能把病治好的疗法；有的按照病的疗法来治，却不充分考虑病人的身体状况。请医生要请一个性情介于这两者之间的；如果找不到兼具这两种品性的医生，那么就只能两种医生各请一位。不要忘记：不但要请医术最出名的，还要请最熟悉你身体的医生。

2 Aulus Cornelius Celsus（前53—后37），古罗马医学家，著有《医术》。

31

论猜疑

[英] Owen Gent

思想中的猜疑，就像是鸟中的蝙蝠[1]，总是在黄昏时出现。人们显然应该压制自己的猜疑，或至少是好好地控制它，因为猜疑蒙蔽人的心智，让人失去朋友，扰乱事务，使之不能顺利地、不间断地进行。猜疑让君主变得暴虐，让丈夫变得嫉妒，让智者变得犹豫不决，忧伤抑郁。

猜疑不是心脏的问题[2]，而是大脑的缺陷，因为最勇健的人也会受其影响，如英王亨利七世。当时没有比他更勇健、疑心也更重的人了。这样的一种性格组合，不会造成很大的损害。因为这样的人对猜疑不会贸然接受，而会加以审视，看它是否有可能是真的。

但胆怯的人很快就会把猜疑信以为真。没有什么比孤陋寡闻，更能让一个人变得多疑的了。所以，与其把怀疑闷在心里，倒不如努力开拓见闻，以驱除猜疑。他们到底想要怎样？难道他们以为他们雇用、交往的人都是圣人吗？这些人就没有自己的目的，就不会忠于自己，胜过忠于他们吗？

因此，要减轻猜疑，别无良方，只能

1　其实蝙蝠属哺乳纲翼手目，并非鸟类。

2　心脏在当时被认为是勇气的器官。

在心里当其为真，但在行动上又要控制自己，视其为假。猜疑之为用，仅限于让人预先做好安排，这样即便他的猜疑是真的，他也不会受害。

头脑中积累起来的猜疑就像是蚊蝇的嗡嗡声，但是用流言蜚语恶意地助长和植入他人脑中的猜疑，却有毒刺。显然，在这猜疑的森林中清出一条道路的最好方法，就是把猜疑告诉你所怀疑的那一方，这样你肯定能比之前了解更多的真相；同时也让对方更谨言慎行，不至于引起进一步的误解。

但是这法子在卑鄙小人身上却行不通；因为他们一旦发现自己被怀疑，就再也不会说真话。意大利人说“猜疑消解了忠诚”[3]，就好像受猜疑就给了忠诚以离开的许可。相反，猜疑更应激起忠诚，以洗清自己所受的怀疑。

3 原文为意大利文。

32

论谈吐

有些人在言谈中，喜欢以反应机敏、辩才无碍而得人称扬，却不在意自己是否识见优长，能辨别真伪，就好像知道可以说什么，却不知道什么才是真实的，是一件值得赞美的事似的。有些人善谈某些事先准备过的话题，缺乏变化。他们言辞贫乏，令人生厌；一旦被人察觉，还会引人发笑。

对话中最值得称道的是能说引起别人话头的话语；还有引领对话，使之过渡到别的话题；一个人如能做到这些，那他就是对话的引领者了。

在演说和对话中，有所变化是好的。

在谈当前的、具体的话题时加一些总体的、普遍性的议论，在讲故事的时候推究一下原因，在发问时表示一下自己的意见，在开玩笑时说一些严肃的话：因为不管是什么话题，讲得太多，如我们平常所说，都会让人“听得耳朵里起茧”。

至于开玩笑，有几种话题，必须避免，如宗教、国事、重要人物、所有人当前的重要事务，以及所有值得怜悯的事情。但也有人会觉得，不说些尖刻、伤人的话，就显不出自己的机锋。这种脾气要加以控制：

“孩子，要少用鞭子，拉紧马的缰绳。”[1]

一般来说，人都能分辨风趣和尖刻。显然，生性喜欢讽刺的人，别人害怕他的机锋，他也应害怕别人记仇。

提问多的人，学到的也多，给他人的快乐也多。如果他晓得调整自己的问题，使之针对他所问的人的专长，那么这些人在答问时所得的快乐也就更大，而他自己也在不断得到知识。但他的问题不能让人讨厌，那样的话他就像是个考官了。

1 原文为拉丁文。语出罗马诗人奥维德《变形记》第2章第27行。

The Rehearsal 1873
[法]埃德加·德加 E.Degas

人还得注意，要让别人也有说话的机会。如果有人霸占了所有的说话时间，应设法打断他，让别人说话，就像有人跳“加利亚德舞”[2]跳得太久时，乐师们所做的那样。

有的时候，别人以为你知道某样东西，如果你假装知道，那以后你就会被误认为知道你并不知道的东西。

说话时应少提到自己，提到的话也要谨慎择言。我认识一个人，说到某个他看不起的人的时候，他总是说：“他想必是个智者，因为他老是谈起自己。”只有在一种情形下，一个人称赞自己才是得体的，那就是在他称赞别人的长处的时候，尤其是他自己也追求有这种长处的时候。

涉及个人的话应当少说。言语应当像一片开阔地，而不是一条小路，径直导向某人的家门。我认识英国西部的两位贵族，一个老喜欢讥嘲别人，但又喜欢在家里大宴宾客；另一个则常常会问那些参加了筵席的人：“老实告诉我，他那天是否又嘲讽或讥笑了某人？”做过客的人总是回答，他确实说了什么样的话。后者就说：“我早就料到他会把一桌好筵席给糟蹋掉的。”

2 galliard：起源于法国宫廷的一种活泼轻快的双人舞，在英国流行于16—17世纪。

La Partie De Plaisir 1898 — 1899
[法] 爱德华 · 维亚尔 Edouard Vuillard

出言谨慎，要胜于口若悬河。和跟我们打交道的人说话，适当的话语，要胜于井井有条的甘言美辞。喜欢滔滔不绝地自说自话，却不能机敏地对答，暴露出头脑的迟钝；善于应答，却不能娓娓而谈，表现出虚弱浅薄。如我们在动物中所见的那样，那些最不善跑的，却善于突转；就像格雷犬[3]和野兔之间的区别。在切入正题前铺陈太多，会令人生厌；开门见山，则又太直白生硬。

3　greyhound：又名灰狗，一种身细腿长的猎犬，善跑。野兔善于在奔跑中突然转向，以摆脱追捕者。

33

论殖民地

建立殖民地是古老、原始的英雄业绩之一。在世界还年轻的时候，它生了许多子女；可现在它老了，生的孩子就少了。我有充分理由把新的殖民地算作老王国的孩子。

我觉得殖民地以建在处女地上为好；也就是说，不必为了移入新的人口而驱除原来的人口。不然的话，就不是殖民，而是灭民了。

培育国家就像是培育树林，必须估计到二十年后才会有利可图，到最后才能得到回报。多数殖民地失败的主要原因，是在成立初年就不顾体面、迫不及待地榨取

1 西人不以米饭为主食，仅作辅食或在菜中用米。

2 原文为meal，指的是小麦以外的其他谷物或豆子所磨成的粉。

利润。当然，快速获利如果和殖民地的利益不矛盾，也不必忽视，但不能做过头。

把人民中的渣滓和歹徒罪犯派去殖民，是件可耻的、不受神佑的事情。不仅如此，他们还会破坏殖民地。因为他们不会改邪归正、努力工作，而是游手好闲、为非作歹、空耗粮草，很快就会疲倦消沉，然后向母国写信抱怨，败坏殖民地的名声。

派去殖民的人应该是园丁、农夫、工人、铁匠、木匠、细木工、渔夫、捕鸟人，以及少数厨子、面包师、药剂师和外科医生。

在殖民的土地上，先四周看看这里出产些什么食物，比如栗子、胡桃、菠萝、橄榄、枣子、李子、樱桃、野蜂蜜之类，并加以利用。然后再考虑在那里有哪些可食用的植物可以快速生长，并且当年就可以收获的，如萝卜、胡萝卜、芜菁、洋葱、小萝卜、洋姜、玉米等。因为小麦、大麦和燕麦都太费工了，所以一开始可以种豌豆和大豆，它们不太费工，而且既可以做菜又可以做粮食。种稻子可以大大增加产量，它也可以做菜。[1]最要紧的，是一开始要带去大量的硬饼干、燕麦片、小麦粉和其他粮食的粉[2]，在可以制作面包前食用。至于家畜、家禽，要先带那些最不易得病和繁殖最快的，比如猪、山羊、鸡、火鸡、鹅、家鸽等。

殖民地的食物供应应该跟在一座被围困的城市里差不多，也就是定量配给。用来种菜或种粮食的土地，其主要部分应用作公地；它的出产在收获之后要储存起来，然后按种植者的土地面积进行分配。此外的零星土地，可由个人自行耕种。

同样还要考虑殖民地的土地有哪些可以出售的天然出产，可以用来支付殖民地最初的开销，只要如前所说，不过早地破坏殖民地的主要事业就行，比如弗吉尼亚的烟草种植[3]。一般来说总是有太多的树林，所以木材是一种适合出售的产品。如果有铁矿石，又有适合在旁边建厂的溪流的话，铁在森林茂密的地方也是一种很好的产品。如果有合适的气候，还可以晒海盐。同样，纤维作物，如果可以种植的话，也是很有销路的产品。在冷杉和松树储量丰富的地方，松脂和焦油也不会少。药品和香木[4]，如果有出产，肯定会带来丰厚利润。可以想到的还有制肥皂用的碱灰和其他东西。但不要花太多力气在地下挖掘；找到矿藏[5]的希望是很渺茫的，并且会使殖民者懒于做其他事情。

至于殖民地的管理，最好由一人总督其事，再有一些顾问协助。可以赋予他们实行有限的军事管制的权力。最要紧的是，要让人们在身处蛮荒之地时，也一直享受到上帝的眷顾和礼拜的益处。殖民地的管理不应依赖太多的顾问和母国的股东。这些人的人数要适中，并且最好是贵族和绅士，而不是商人，因为商人总是着眼于眼

3 因烟草种植太有利可图，当时的农民忽略了其他农作物的种植。

4 指南美和西印度群岛出产的数种月桂科树木。

5 这里尤指黄金等贵金属矿。

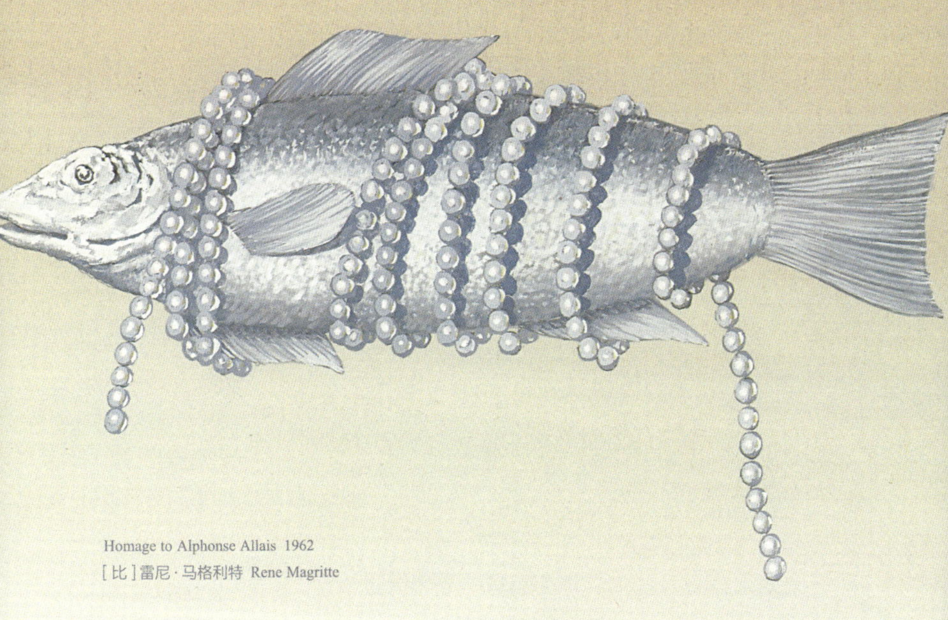

Homage to Alphonse Allais 1962
[比]雷尼·马格利特 Rene Magritte

前的利益。在殖民地强大起来之前，应免除海关关税；不仅要免除关税，还要允许它们把商品拿到最有利可图的地方去卖，除非有需要特别小心的理由。

不要把殖民地挤满，一批接一批地很快送人去，而是要留心那里人口减少的状况，送去相应的补充人员。人数应当以能够在殖民地安居乐业为宜，不能因为人满为患而造成贫困。有些殖民地建在海边和河边，建在沼泽般的、不卫生的土地上，这对健康的危害是很大的。因此，尽管为了避免运输费用高昂及其他类似的不便，一开始可以从海边或河边之地起步，之后就要朝远离河流的方向，而不是沿着河流来发展。有充足的食盐储备，也牵涉到殖民地的健康，这样在必要时就可以腌制储备食品。

如果在有野蛮人的地方殖民，不要用小玩意和便宜首饰来讨好他们。对待原住民要公道而有礼，然而还是要有足够的戒心。不要帮他们侵略宿敌来取悦他们，但帮助他们防守还是没错的。经常送原住民去殖民地的母国，让他们看到那里的生活水平要比他们的高很多，他们回来后就会到处宣扬。

殖民地壮大之后，就不仅可以派男子过去，还可以派女人，这样殖民地的人口就可以世代繁衍，不需要不断从外部派人补充了。

抛弃已经兴旺起来的殖民地，是这世上最有罪的事了。因为这样做不仅丢脸，还会背负牺牲许多可怜人的生命的罪名。

34

论财富

不要追求用来炫耀的财富，
而是去追求你可以

正当地获得、
有节制地使用、
高高兴兴地分配、
心满意足地留下

的那种财富。

把财富称作德行的累赘，我觉得是最恰当不过了。罗马人称之为impedimenta[1]，更妙。因为财富之于德行，正如辎重之于军队。辎重不能没有，也不能抛弃，但它妨碍行军；确实，有时为了照顾辎重，不得不失去胜机，或让它扰乱了胜利。

除了把它花掉，巨大的财富并没有真正的用处。其余的用处只存在于想象中。因此所罗门说："货物增添，吃的人也增添；物主得什么益处呢？不过眼看而已。"[2]

个人的享受能力是有限的，这使他体验不到巨量的财富所带来的一切：他可以保管它，有权力分配或布施它，或因此而享大名，但对所有者没有实在的用处。你难道没有看到那些小石子和其他稀有之物的虚高价格？还有世人的那些炫耀之举，只是为了让巨量的财富显得有些用场？

但是你会说，财富可以用作赎金，帮人摆脱危险和麻烦。如所罗门所说："富足人的财物是他的坚城，在他心想，犹如高墙。"[3]这话说得太好了，因为这只是在"心想"中是如此，事实上并不尽然。显而易见的是，被财富出卖的人，要多过用它买

1 impedimenta，拉丁文，意为"辎重"。

2 见《圣经·旧约·传道书》第5章第11节。

3 见《圣经·旧约·箴言》第18章第11节。

4 语出西塞罗《为拉比里厄斯·波斯图玛斯申辩》。

5 语出《圣经·旧约·箴言》第28章第20节。

回性命的人。

不要追求用来炫耀的财富，而是去追求你可以正当地获得、有节制地使用、高高兴兴地分配、心满意足地留下的那种财富。但是对财富不要有遁世的或托钵僧似的轻蔑态度，而是要区别对待，如西塞罗对拉比里厄斯·波斯图玛斯的精辟评述："他努力致富，却显然不是为了满足贪欲，而是为了获得行善的资财。"[4]也要铭记所罗门的话，不要追求暴富："想要急速发财的，不免受罚。"[5]

诗人们虚构说，财神普路托斯在受朱庇特差遣时一瘸一拐，步履迟缓；可是在受冥王普路托差遣时，他就一路奔跑，步履如飞。意思就是通过正当手段和诚实劳动来致富是很慢的，但如果是通过别人的死亡（比如通过继承、遗嘱之类），财富就像是从天而降。如果把普路托视作魔鬼，上面所说的也同样适用。因为当财富来自魔鬼的时候（比如通过欺诈、压迫和其他不公的手段），它也来得很快。

致富的手段有很多，多数是污浊的。吝啬还算是最好的手段之一，但也并非无害，因为它使人不能乐善好施。通过土地改良来获得财富是最自然的方法，因为它是我们大地母亲的恩赐，但这法子太慢。如果巨富之人屈尊从事于农牧业，那么财富就会迅速地成倍增加。

我以前认得一位英国贵族[6]，他的收入，是时人中最多的。他是一个大养牛场主、大牧羊场主、大林场主、大煤矿主、大谷物商、大铅矿主、大铁矿主，还有许多其他类似的产业。因此，土地对他来说就像是一片大海，源源不断地给他带来收益。

有人说，他赚小钱时很难，赚大钱时很容易，这话说得不错。因为当一个人资本大到一定程度的时候，他可以等待市场上最有利的时机；可以做成因为金额太大，只有很少人能做成的交易；还能和年轻人合伙经商，这样的人就只能发大财了。

从事普通的手艺和行当的收入都是诚实的；要增加这种收入主要靠两点，一是勤勉，二是公道可靠的好名声。

不过，靠投机赚来的钱，性质就可疑了：如乘人之急，或通过仆人和中间人诱使别人上钩，或用诡计把别的更好的买家

6　这里指的很可能是乔治·塔尔博特（George Talbot，约1522 — 1590）第六世什鲁斯伯里伯爵。

支走，诸如此类的骗人手段，都是奸诈可鄙的。

至于低买高卖，买入不是为了持有，只是为了卖出，这样的做法同时要赚卖家和买家两方面的钱。

合伙做生意，如能精心选择可信赖的人手，是能致人大富的。

放高利贷是最保险，也是最坏的获利方法之一，因为这样做，你是“靠他人汗流满面”来糊口[7]，并且是在礼拜日耕田的。[8]

放高利贷虽然保险，但也有漏洞，因为中人和掮客之流会为了自身得利，把信用不佳的人说成可靠的。

如能率先作出一项发明，或获得某种特权[9]，这种幸运有时能带来惊人的财富，比如加纳利群岛的第一个甘蔗种植园主。

因此，一个人如能做个真正的逻辑学家，也即既有发明又有判断[10]，尤其是又生在合适的时代，那他就能成大事。

那些依赖固定收益的人[11]，是很难发大财的。把所有财产都投入到冒险事业上去的人，又常常会倾家荡产。因此，从事冒险事业，最好要有固定的收益作保护，这

7 这是对《圣经·旧约·创世记》第3章第19节“你必汗流满面才得糊口”的戏拟。

8 因贷款是按日计息的，礼拜日也包括在内。

9 指在对外贸易中的某种垄断。

10 法国学者Peter Ramus（1515 — 1572）提出对逻辑和修辞进行改革，他把逻辑论证分为两部分，发明和判断。

11 指有固定回报的投资。

样可以弥补损失。

垄断，和为了再次出售而囤积某种货物，在这种行为不受限制的时候，也是极好的致富方法，尤其是在囤积者有内幕消息，知道对某些物品将会有很大需求，因而事先大量储备的时候。

由做仆从而得来的财富，即便服侍的是最高贵的人物，但如果是由阿谀逢迎和其他卑躬屈节的行为得来的话，也可算是极糟的一种致富方式了。

至于寻求他人的遗嘱和遗嘱执行权[12]（如塔西佗所说的塞内加："他就像拿了网，把遗嘱和被监护人都搜了出来。"[13]），则更为糟糕；因为在此情形下，人们趋奉的人，比做仆从时趋奉的人要低贱得多。

不要相信那些表面上蔑视财富的人。他们无望获得财富，所以蔑视财富；一旦发财，没有比这些人更爱财的了。

不要计较小钱；钱财会长翅膀，有时会自己飞走[14]，有时还必须把它放飞出去，让它带回更多的钱财。

人们要么把遗产留给亲属，要么把遗产留给公众，不管是哪种情形，都以适中

12 遗嘱执行人会得到一笔手续费。

13 见塔西佗《编年史》第13卷第42章。

14 见《圣经·旧约·箴言》第23章第5节："你岂要定睛在虚无的钱财上吗？因钱财必长翅膀，如鹰向天飞去。"

的数量为好。

把一大笔遗产留给一个在年龄和判断上还不成熟的继承人，就像是把一大群猛禽引诱到他的身边，前来抢夺。

同样，作出炫耀性的捐款和设立意在夸示的基金，就像是“贡献无盐的祭品”[15]，这些不过是善举的“粉饰的坟墓”[16]，不久就会在内部腐朽糜烂起来。

所以，不要把数量作为捐赠的尺度，而要有合适的分寸。不要把善事留到死后才做，因为显然，人们经过仔细思量就会发现，这么做的人不是在用自己的钱，而是在慷他人之慨。[17]

15 见《圣经·旧约·利未记》第2章 第13节：“凡献为素祭的供物都要用盐调和，在素祭上不可缺了你神立约的盐；一切的供物都要配盐而献。”培根认为，做善事也要有良好的判断和可持续性。在这里，他把盐作为智慧和持久（因盐可以用来腌制和保存食物）的象征。

16 见《圣经·新约·马太福音》第23章第27节：“你们这假冒为善的文士和法利赛人有祸了！因为你们好像粉饰的坟墓，外面好看，里面却装满了死人的骨头和一切的污秽。”

17 培根有此言，是因为当时许多人在遗嘱中作出的种种遗赠，超出了遗产本身的价值。

Nice, La Baie Des Anges 1928
[法]劳尔·杜菲 Raoul Dufy

35

论预言

我想谈的不是上帝的预言，也不是异教的神谕，也不是根据自然中的征象所作出的预测，而仅仅是在人们的记忆中已应验，但其来由却不明的种种预言。

蟒女[1]对扫罗说："明日你和你众子必与我在一处了。"[2]

荷马有这几句诗：

> 埃涅阿斯这一族，他的子子孙孙，将统治所有的土地。[3]

这似乎是关于罗马帝国的预言。

1 Pythonissa：拉丁文本《圣经》中召来撒母耳的鬼魂的女巫的名字，与"蟒蛇"python有关，故译为"蟒女"。

2 见《圣经·旧约·撒母耳记》上第28章第19节。以色列王扫罗在与非利士人开战前夕，见"交鬼的妇人"，命其召来先知撒母耳的鬼魂以问吉凶，撒母耳预言上帝将令扫罗全军覆没。此语为撒母耳鬼魂所说。

3 原文为拉丁文，出自维吉尔《埃涅阿斯纪》第3卷第97—98行。原文又改写自荷马《伊利亚特》第20卷第307—308行。

人的天性

渴望 预知未来

New Planet 1921
[俄]康斯坦丁·由安 Konstantin Yuon

悲剧作家塞内加[4]写了这几行诗：

在遥远的未来，
海洋将松开对世界的束缚，
辽阔的大陆将会呈现出来，
蒂夫斯[5]将开启新的世界，
图勒[6]将不再是陆地的尽头。[7]
这是关于发现美洲大陆的预言。

波利克拉特斯[8]的女儿梦见朱庇特给她父亲沐浴，阿波罗给他涂油，结果他被钉在广场的十字架上，太阳晒得他流汗遍体，又被雨水冲刷。

马其顿王腓力[9]梦见他把妻子的肚子封了起来，他自己解释道这意味着他妻子不会生育。但预言家阿里斯坦德[10]告诉他，这意味着他的妻子怀孕了，因为人是不会把空的容器封起来的。

一个鬼魂出现在布鲁图斯[11]的帐篷里，对他说："你会在非利皮再见到我的。"[12]

提比略对加尔巴说："加尔巴，你也会尝到帝国的味道的。"[13]

在韦斯巴芗的时代，在东方流传着一种预言，说从朱迪亚[14]将出来那么个人，他将统治全世界。这预言说的可能就是我们的救世主[15]，但塔西佗解释说它指的是韦斯巴芗。

在被刺杀的前一晚，图密善做梦梦到一个黄金的头，从他的脖子里长出来。确实，他的继任者们创造了多年的黄金时代。[16]

4 Seneca（约前4－后65）：古罗马悲剧作家、斯多葛派哲学家。著作有《道德书简》和悲剧《美狄亚》《俄狄浦斯》《阿伽门农》等。

5 Tiphys：希腊神话中的著名船只阿尔戈号的领船者。英雄伊阿宋率领其他英雄乘坐此船，寻找金羊毛。

6 Thule：极北地区，古代地理学家对挪威、冰岛等地的称呼。

7 出于塞内加所作的悲剧《美狄亚》第2幕第375－379行。

8 Polycrates（生活于前6世纪）：古希腊萨摩斯岛的僭主。前522年为萨迪斯总督奥里特斯所诱擒，被钉死在十字架上。

9 Philip of Macedon（前382－前336）：又称腓力二世，马其顿国王，亚历山大大帝之父。

10 Aristander（约前380－前4世纪后半期）：古希腊预言家，曾为腓力二世释梦，后成为亚历山大大帝宠信的预言家。

11 布鲁图斯是刺杀恺撒的凶手之一。后恺撒外甥屋大维与部将安东尼为恺撒起兵复仇。前42年，布鲁图斯在非利皮战败，自杀身亡。

12 见普鲁塔克《布鲁图斯传》。

13 见塔西佗所作之《编年史》第6卷第20章。提比略时为罗马的第二位皇帝，加尔巴还只是个士兵。后来加尔巴在68年当上了罗马第九位皇帝。

14 Judea：古巴勒斯坦南部地区，即今巴勒斯坦南部与约旦的西南部地区。

15 指耶稣基督。

16 黄金时代指96－192年间罗马帝国强盛繁荣的时期。

Girl in a Green Blouse 1917
［意］阿曼迪奥·莫迪里阿尼 Amedeo Modigliani

英王亨利六世[17]在亨利七世[18]还是个少年，给他端水的时候说："我们为了王冠而争竞，将来享受的是这个少年。"

我在法国的时候，从一位叫辟纳的医生那里听说，王太后[19]相信法术，她曾把丈夫的生辰交给人推算，用了一个假名字。那个占星术士判断说，这人会死于决斗。王后听了大笑，因为她以为她丈夫的地位已使他置身于挑战和决斗之上了[20]，结果他最后死于马上长矛比武，因为蒙哥马利[21]的矛柄碎裂时的木刺刺入了他的面甲。

还有一则流传很广的预言，我童年时也听到过，那时伊丽莎白女王正当盛年：

等麻[22]纺成了线，
英格兰就完蛋。

大众相信，名字的首字母组成hempe的君主们（即Henry，Edward，Mary，Philip，与Elizabeth）[23]的统治结束，英格兰就要大乱。但，感谢上帝，这预言仅仅在国名的改变上得到了证实，因为当今主上的称号已不再是英格兰王，而是不列颠王了。[24]

在1588年之前，还有一则预言，它的意思我还不是很明白：

有一天你将看见，
在巴礁和梅岛[25]之间，
挪威的黑色舰队出现。
舰队一旦覆亡，

17 Henry the Sixth of England（1421 — 1471）：2岁时就继承其父亨利五世的英国王位，又继承其外公查尔斯六世的法国王位。虔信宗教，懦弱寡断。在位期间发生了英国两大贵族家族争夺王位的玫瑰战争（1455 — 1485）。1461年被爱德华四世废黜，1470年复位，1471年被弑于伦敦塔。

18 亨利七世（Henry the Seventh，1457 — 1509）：亨利最初为里奇蒙公爵，1485年在博斯沃思战役中击毙英王理查三世，结束玫瑰战争，同年即王位，为都铎王朝第一代英格兰国王（1485 — 1509）。

19 指法王亨利二世的王后卡特琳（1519 — 1589），出身意大利美第奇家族。为法王弗朗西斯二世、查理九世、亨利三世之母，在1560 — 1574年间摄政。

20 按当时比武的规矩，武士没有资格向比自己阶层高的人挑战。

21 Montgomery：德·蒙哥马利伯爵，名Gabriel，时任亨利二世的苏格兰卫兵队长。

22 原文为hempe，大麻或其他麻类植物。

23 Henry指英王亨利八世，Edward为亨利之子爱德华六世，Mary为亨利之女玛丽一世，Philip指玛丽之夫西班牙国王腓力二世，Elizabeth为亨利之女伊丽莎白一世。

24 英格兰女王伊丽莎白一世去世后没有后嗣，苏格兰的詹姆士六世入继王位，称詹姆士一世。不久英格兰和苏格兰合并为一国，詹姆士一世遂于1604年自称为大不列颠王。

25 the Baugh and the May：前者即The Bass Rock，后者即The Isle of May，都是苏格兰的福斯河港湾（Firth of Forth）中的岛屿。

Self Portrait 1890
[瑞]希尔玛·克林特 Hilma af Klint

英格兰用石头和石灰建房，

这以后再也不会打仗。

大众将其理解为1588年来犯的苏格兰舰队，因为据说，西班牙国王的姓就是挪威。

还有雷格蒙塔努斯[26]的预言：

88年，发生奇迹的一年。[27]

同样被认为应验在那支庞大舰队的出征之上。它尽管不是有史以来曾航行在海上的舰数最多的，却是力量最强的舰队。

至于克里昂[28]的梦，我觉得那是个玩笑。在梦里他被一条长龙吞噬了。有人解释，龙就是一个制腊肠的师傅，他给克里昂制造了许多的麻烦。

类似的预言还有许多。如果你把梦，还有占星术的预测也包括在里面，那就会更多。但作为例子，我只写下了几则真实性确定无疑的预言。

我的看法是，对预言应该不加理睬；它们只能作为冬天人们围着火炉闲聊时的谈资。我说的“不加理睬”，意思是说不可相信；然

26 Regiomontanus（1436 — 1476）：原名Johannes Müller，德国数学家、天文学家，发展了三角学，在纽伦堡建立天文台。据说他曾预言在1588年将发生大的社会变动。

27 原文为拉丁文。

28 Cleon（？ — 前442）：雅典著名的民主主义者。出身低贱，以出售皮革为业。古希腊戏剧家阿里斯托芬的喜剧《骑士》，对他进行了讽刺，让他受到一个腊肠师傅的羞辱。

而对于它们的散布、流传，是绝对不能不加理睬的。因为它们造成了许多祸害，有许多严厉的法律加以禁止。[29]之所以有人纵容这些，甚至有些人还相信它们，有三个原因。

其一是人们只注意到了预言应验的时候，却从不注意落空的时候，对于梦兆一般来说也是这样。

其二是，可能性大的猜测，和模棱两可的传说，往往会变成预言。人的天性渴望预知未来，所以他们觉得把自己的推测当作预言讲出来，没有什么危险。塞内加的那几行诗就是这种情形。因为当时许多情况已经证明，地球在大西洋的另一边还有广大区域，而这块区域不大可能都是一片汪洋。再加上柏拉图的《蒂迈欧篇》[30]和《亚特兰蒂斯篇》[31]中的传说，这些都鼓励人把猜测变成预言。

第三个也是最后一个（也是最主要的）原因，是这些不计其数的预言，几乎全都是骗人的，是由一批无所事事而又心怀恶意的人在事后瞎编或伪造出来的。

29 在亨利八世、爱德华六世和伊丽莎白一世朝，通过了一系列法令，禁止巫术、招魂、预言、根据生辰进行推算等。

30 Timaeus：柏拉图作于前360年左右的一篇哲学对话，其中提到大西洋中曾有一个名为亚特兰蒂斯的大岛，后沉没于海面下。

31 Atlanticus：即《克力同篇》（*Critias*），也提到亚特兰蒂斯的传说。

The Langlois bridge 1888
[荷]文森特·威廉·凡·高 Vincent Willem van Gogh

36

论野心

The cafe 1884
[意]费德里科·萨多梅内加 Federico Zandomeneghi

野心就像是黄胆汁。作为一种体液[1]，在它不受阻碍的时候，能使人积极、认真、敏捷、活跃。但一旦它受到阻碍，不能为所欲为，就会让人焦躁，因而变得凶恶了。

因此，野心勃勃的人，在觉得上升的道路通行无阻，并且一直在升迁的时候，只是些好管闲事的人，而不是危险的家伙。但如果他们的欲望受阻，他们就会暗地里心怀不满，用一双恶眼来看人看事，并且在公事受挫的时候幸灾乐祸，这在君主或国家的臣仆身上是最坏的品性了。

因此，如果君主任用有野心的人，必

1 humour：这里用的是 humour 一词的原义，即体液。古希腊医学认为，体液影响到人的性情。

须作出安排，让其不断升迁而不遭贬谪。这当然有不便之处，所以最好是不用这样的人。因为他们的职位如果没有随着所从事的公务而升迁的话，就会在自己下台的时候，让公务跟着自己一起失败的。

尽管我已经说了，除非必要，不能任用生性野心勃勃的人，那么我也应该谈谈，在哪些情形下，任用有野心的人是有必要的。在战争中，必须任用好的统帅，不管他们有多么野心勃勃。他们的功劳可以弥补一切。任用一个没有野心的军人，就跟扯掉了他的马刺一样。

还可以利用有野心的人，在危险和会引起不满的事情上作为君主的挡箭牌。没人愿意扮演这种角色，除非他就像只被蒙上了眼的鸽子，越飞越高，因为看不见周围的状况。

还可以利用野心的人，把权力太大、势焰熏天的臣下拉下马。提比略就是这样利用马克罗，把塞扬努斯除掉的。[2]

因为在这些情形下，任用有野心的人还是必要的，我接下来还要谈谈该怎么控制他们，以减少其危险性。如果他们出生

2 塞扬努斯为罗马皇帝提比略的密友、亲信，在14 — 31年间任禁卫军统领。他在31年任执政官，但就在这一年，提比略派马克罗解除塞扬努斯兵权，指控其阴谋篡位并将其杀死。

微贱，而不是贵胄的话，危险性就小一些；如果他们生性酷暴，而不是为人亲切、受人爱戴的话，危险性也小一些；如果他们是新提拔的，而不是久居高位，因而变得老奸巨猾、城府深沉的话，危险性也小一些。

有些人认为，君主有宠臣是一种弱点；但在防备有野心的权臣的方法中，这其实是最好的了。因为当取悦或触怒君主，都只有通过宠臣之一途时，其他人就不可能有过大的权势。

控制有野心的人的另一种方法，就是利用和他们一样妄自尊大的人来抗衡他们。但还必须有一些不偏不倚的大臣来稳定大局；因为如果没有压舱物的话，船就会摇晃得太厉害。

不管怎样，君主可以鼓动一些地位低贱的人，使之习惯于做惩罚有野心的臣下的工具。

至于让有野心的人时时感到有覆亡的可能，对于生性懦怯者，这法子很管用；但对于大胆强悍者，这反而会加快他们的图谋，最终带来危险。

如果因为情势需要，要把他们拉下马，但又没有把他们一下子除掉的万全之策，唯一的办法就是忽而给予赏赐，忽而加以惩罚，让他们摸不到头脑，就像在林中迷了路。

在野心当中，做成大事的野心，要比什么事上都要插一脚的野心，为害较小；后者会造成混乱，妨碍公务。然而让一个有野心的人忙于事务，要比让他有很多的追随者少一些危险。想要在一群能干的人当中脱颖而出，这是个艰难的任务，然而这对公众有好处。但想在许多零里面充当唯一的数字的那个人，会败坏整个时代。

谋求高官显职，有三种动机：获得做善事的有利地位；接近君主和要人；增加个人的财富。在追求高位时谁的抱负是这当中最好的，就是正人君子。只有贤明的君主，才能在追求高官显职的人当中分辨出谁有这种抱负。

总的来说，君主和国家在选择大臣的时候，应选择责任感强，而不是一心想升官的人，应选择做事是出于良心，而不是出于炫耀之心的人。要善于区分好事者和乐意为国家服务者。

37

论假面剧[1]和演武会[2]

At the Moulin Rouge the Dance 1890
[法]亨利·罗特列克 Henri de Toulouse-Lautrec

和本书中其他讨论严肃问题的篇章相比，本篇所讨论的不过是玩乐的小事。但既然君主喜欢假面剧和演武会，那最好能把它们办得优美典雅一点，而不是一味奢华铺张。

在歌声的伴奏下起舞，是很壮观也很能给人以愉悦的。依我所见，应由合唱队来唱歌，合唱队应居于高处的廊台上，由一组同类乐器伴奏，歌词应该和剧情相配。在唱歌时伴以动作，尤其是在对唱时，是极其优雅的；我说的是动作，而不是舞蹈（边唱边舞是庸俗低级的）。

对唱者的歌喉应该嘹亮而有男子气（一个男低音，一个男高音，不要童声最高音[3]）。歌声应高亢悲壮，而不是娇美婉转。几个合唱队此起彼伏地歌唱，就像轮唱圣歌那样，是极动听的。让舞者排成各种形状的队列，那是幼稚的玩意儿。读者应注意的是，总的来说，我在这里所制定的

1 假面剧（masque）：流行于16、17世纪英国宫廷和贵族社会的一种娱乐形式，有的时候国王、王室成员和贵族亦参加表演，常常有盛大华丽的场面。

2 演武会（triumph）：从中世纪的骑士比武而来，但已不是认真的比武，而以表演为主。

3 treble：最高音，这里指由变声期前的男童所唱的最高音。培根觉得这不够男子气概。

The Old Burgtheater 1898 — 1899
[奥] 古斯塔夫 · 克里姆特 Gustav Klimt

规则，是为了天然地悦人感官，而不是出于哗众取宠的考虑。

确实，多更换布景，只要能做得无声无息，[4]能大大地增加美感和乐趣。这在人们看厌同样的布景之前，给了他们的视觉以休息和新的享受。

布景应当有充分的照明，要有特殊而多变的色彩。假面剧演员或是其他人在从舞台上下来之前[5]，要在舞台上先做一些新奇的动作，吸引观众的眼光，使他们带着极大的兴趣，想要看到刚才没看清楚的地方。歌声应嘹亮而欢乐，而不应像鸟儿啁啾，病儿呻吟。音乐也应活泼响亮。

在烛光下最鲜明的颜色是白色、粉红色和海水绿。闪闪发光的小圆金属片、装饰片并不费钱，但最耀眼夺目。精致的刺绣，在烛光下看不清，显不出其华丽。演员应穿优美的戏装，并且在脱下面具以后，戏装也应和他们相称。[6]戏装不应是人们熟见的式样，如土耳其装、军装、水手装等。

4 当时更换布景的机械，常常会发出很大噪声。

5 假面剧的表演者有时会从舞台上下来，和观众中的重要人物一起舞蹈。

6 在假面剧演出结束之时，演员常常会脱掉面具，向观众中的重要人物致意。

幕间的滑稽节目不应过长，出场的一般是弄臣、萨蒂尔[7]、丑人、野人、怪人、野兽、精灵、女巫、黑人、小矮人、小土耳其人、林中仙女、乡巴佬、丘比特、活动塑像等。至于安琪儿，把他们放在滑稽节目里不够好玩。而可怕的东西，比如魔鬼、巨人，放在假面剧里也不合适。

但主要地，滑稽节目的音乐要有娱乐性，要有出人意料的转调。如果在发热、出汗的观众中突然喷一阵香雾，这也让人神清气爽，备感快乐，但不能有水珠掉下来。双重假面剧[8]，也就是一出由男子来演，一出由女子来演，也可增加假面剧的光彩和变化。但演出的房间要干净整洁，不然这些都没用。

至于骑士的马上长矛比武与斗剑，还有步战比武，其壮观主要在于挑战者们乘坐入场的战车，尤其当战车是由狮子、熊、骆驼等异兽拖曳之时；还有他们入场时的纹章徽记的灿烂，侍从制服的华丽，和盔甲、马饰的鲜明。关于这玩乐的小事就谈到这里。

7 satyr：希腊神话中半人半羊的森林之神，性好色。

8 按当时的惯例，一出假面剧皆由同性演出，要么全是男性，要么全是女性，故有双重假面剧之说。

38

论人的天性

天性常常是隐藏起来的；有的时候可以克服；但很少能够根除。强压会使天性的反弹更激烈，教育和规诫会让天性变得和缓一些，但只有习惯能够改变和制服天性。

想要战胜天性的人，给自己设定的任务不能过大也不能过小。前者会让他因为经常失败而泄气；后者虽然能让他经常获得成功，但进步太小。一开始让他在有帮助的情况下练习，就像初学游泳者借助气囊[1]和浮筏[2]。但过了一段时间之后，他应该在有难度的情况下练习，就像舞者穿着厚鞋跳舞。如果练习比实用时还难，就能

1 bladders：本意为膀胱，充气后可作为气囊。

2 rushes：本意为灯芯草，因为空心，做成的筏子有较大浮力。

让技艺臻于完美。

如果天性很强，难以战胜的话，就必须分阶段。第一步是放缓天性的作用，比如发怒的人，背诵二十四个字母以平缓怒气；其次是在量上减少，比如想戒酒的人，从进餐时频频相互敬酒，改为只饮一杯；最后，则是完全戒除。

但是，假如一个人有毅力和决心一下子解放自己，那当然是最好的：

> “那个挣断缠在胸膛上的锁链，
> 不再伤心的人，
> 是最佳的心灵解放者。”[3]

3 引自古罗马诗人奥维德《疗爱方》一诗第293—294行。

Valencia, Two LIttle Girls on a Beach 1904
[西]华金·索罗拉 Joaquín Sorolla

古人发现的规律也是不错的，那就是纠正天性，就要像把一根弯曲的木棍往相反的方向扳到极点，放开后就直了。前提是，那相反方向的极点不能是恶习。

一个人不能持续不断地强加给自己一种习惯，应稍有间歇。因为在休息期间新习惯也有所加强。而且，如果这人有缺点，又一直在练习，那他就不仅练习了能力，还练习了缺点，并使两者都成为习惯。这种情形，除了适时的休息，没有其他补救方法。

但一个人也不可过分相信自己对天性的胜利，因为天性可以潜伏很久，在有了机会或受到诱惑的时候就会复活。就像伊索笔下的那个猫变成的女子，她假作庄重地坐在餐桌的一头，这时一只老鼠突然在她面前跑过，她就原形毕露了。[4] 因此，人要么完全避免这类场合，要么让自己经常接触它，这样他就不容易被打动了。

人的天性，在这几种情形下面特别容易看出来：在私下相处的时候，因为没有装腔作势；在激动的时候，这时他忘了所有的规矩；碰到新的情形或状况的时候，这时习惯没用了。

天性和职业相符的人，是快乐的。不然的话，就如那些从事于自己不喜欢的职业的人所说："我的灵魂只是长期旅居在那里。"[5] 在为学上，人迫使自己去学的东西，必须有规定的时间；但符合他天性的东西，则不必有什么规定的时间，因为他的思想会自动飞到那里去，用做事和学其他东西的空余时间就够了。

人的天性要么趋向于药草，要么趋向于杂草。因此，他要适时地浇灌药草，拔除杂草。

4 在伊索寓言里，这个故事发生在婚房里，而不是在餐桌上。

5 原文为拉丁文，出于拉丁文《圣经·旧约·诗篇》第120篇第6节。在英文钦定本《圣经》里这一句为 "my soul hath long dwelt with him that hateth peace"，译为"我与那恨恶和睦的人许久同住"。

39

论习惯与教育

人多半依据自己天生的倾向来思考，依据所学和被灌输的意见来说话和发言，但其行动却是出于习惯。因此马基雅维利的这句话说得很好（尽管他举的例子是一桩邪恶的事情），那就是不能相信天性的力量或口头的勇敢，除非这些得到了习惯的强化。他所举的例子是，要让一个无法无天的阴谋获得成功，不能依赖任何一个人天生的凶猛，或者是他豪迈的誓言，而必须挑选一个手上染过鲜血的人。

但马基雅维利不知道有个克莱门修士，不知道有个拉瓦亚克，不知道有个若雷吉，也不知道有个巴尔塔萨·赫拉德。[1] 但是他所说的规律还是成立的，也就是说，不管是天性还是口头的承诺，都没有习惯有力。

但如今迷信极盛，初次杀人者都和职业屠夫一样镇定。[2] 即便在杀人的事情上，口头的誓言也被看得和习惯同样重要。但除此以外，到处可以看到习惯占主宰地位的现象。你可以听到一个人在宣誓、声言、保证和夸下海口之后，却依然和以前一样行事；就好像他们是死的泥塑木雕，由习惯的轮子驱动。

我们也能看到习惯的主宰或专制的情形。印度人（我指的是他们的哲人中的一派）会安静地躺在一个柴堆上，自焚献祭。他们的妻子还会抢着要和丈夫的尸体一起火化。古代斯巴达的少年们惯于在狄安娜[3] 的祭坛上受鞭笞，还不能出声。我记得，在伊丽莎白女王统治初期，一个被判死刑的爱尔兰叛党曾上书爱尔兰总督，请求用荆束[4] 而不是用绞索来把他处死，因为以前的叛党都是这样处死的。俄国的修道士为了悔罪，会在水桶里坐上一整夜，直到自己和水一起冻成坚冰。习惯左右头脑和身

1 Friar Clement：Jacques Clement，1589年刺杀了法王亨利三世。Ravillac：Francois Ravillac，1610年刺杀了法王亨利四世。Jaureguy：John Jaureguy，1582年刺伤了尼德兰联省共和国的创立者奥伦治亲王“沉默的威廉”。Baltazar Gerard：1584年最终刺杀了奥伦治亲王“沉默的威廉”。这四人皆非马基雅维利所说的有杀人经验的刺客。

2 16、17世纪时欧洲宗教斗争极为激烈，常常导致流血。前述四人皆为天主教刺客。

3 Diana：希腊神话中的月亮女神和狩猎女神。

4 原文为with，指缠绞在一起的一束树枝。

The Monteran Family 1928

[法]路易斯·华塔特 Louis Valtat

体的力量，还可以举出许多例子。

因此，既然习惯是人的生活的主要指导，人应尽一切努力养成好的习惯。毫无疑问，从幼年开始，最容易养成好的习惯：这个我们称为教育。教育其实就是从幼年养成的习惯。

所以我们看到，在学习语言上，幼年期要比以后，舌头能更柔顺地学会各种发音和表达法；在运动上，幼年时期关节也要比以后，能更灵活地做出高难度的动作。确实，年纪大了以后才开始学习的人可塑性不那么强，除了少数人，他们不允许自己的头脑僵化，保持心智的开放，愿意不断地改进，但这样的人是极少的。

如果说单一的和个别人的习惯的力量是强大的，那么成对的、联合的、集体的习惯的力量更要大得多。因为在集体里有榜样可以让人学习，有同伴可以给人帮助，有竞争可以给人刺激，有荣誉可以让人得到更高的地位。在这样的地方，习惯的力量可以达到它的最高点。

无疑，人性中美德的增长，有赖于规章严明、秩序井然的社会公共机构。因为国家和好的政府只鼓励已经养成的美德，对美德的种子却不会去改良。但可悲的是，最有效的手段，现在却被用于达到最要不得的目的。[5]

5　指教育被用于迷信的灌输。

40

论幸运

无可否认，外在的偶然因素，如机缘巧合、他人死去、贵人相助、环境和长处的遇合等，能带来一部分幸运，但人的幸运主要靠他的双手创造。诗人说："每个人都是自己命运的创造者。"[1]最常见的外在原因就是，一个人的愚行造成了另一个人的幸运。没有比别人的错误，更能让人突然走运的了。"蛇吃蛇，变成龙。"[2]

显而易见的长处会引人称道，但隐而不显的长处，即人的某些说不清、道不明的行为方式，才会带来幸运。西班牙人有个词desembolture[3]，说的是一个人的天性中

1 可参见普劳图斯的喜剧《三个铜钱》第2幕第2场第84行。好几位古典作家都说过类似意思的话。

2 此语见伊拉斯谟《格言》。

没有障碍或固执，他的心思的轮子和幸运的轮子同步运转，将其道出了三分。关于老加图[4]，李维[5]先是这样描述他：“这人的体力和脑力是如此强大，不管他出生在哪个社会阶层，都会给自己创造出幸运。”然后，他又得出结论说，这人“有很强的适应能力”[6]。

因此，如果人机警地、注意地看，是能够看到幸运女神的。尽管她是盲目的，可她不是不能为人所见的。幸运之路就像是天上的银河，是许多小星星汇合或聚集在

3 desembolura：西班牙语，意为自在，不费力。

4 Cato Major，也即老加图Cato the Elder（前234—前149年）：古罗马军人、元老院元老和历史学家。力主回归罗马传统，提倡农业，注重武事，反对“堕落的”希腊化倾向。曾任执政官、监察官等职。著有《史源》《农书》等。

5 Livy（前59—后17），古罗马史学家，著有《罗马史》142卷。

6 原文为拉丁文versatile ingenium。

一起。这些小星星分开了是看不见的，但聚在一起发光就能为人所见。所以，是人的许多不显眼的小长处，或者说是能力和习惯，给他带来了幸运。

人们平常很少想到的这类长处，意大利人注意到了一些。比如他们在讲到某个做事总是顺遂的人时，除了他的其他品质，还会加上一句："他是傻人有傻福。"[7]无疑，人有点傻气，而不是太过实诚，这是最能带来幸运的两种品质了。

因此，对自己的国家或主上爱得过分极

7 原文为意大利文Poco di matto，字面意义是"有点傻气"。

Sea

［瑞］菲利克斯·瓦洛东 Felix Vallotton

Sunset in the Haze 1911
[瑞] 菲利克斯 · 瓦洛东 Felix Vallotton

每个人都是自己命运的创造者

端的人，永远得不到幸运，也不可能得到幸运。因为当人把心思专注于自身之外的某物之时，他就不能走自己的路了。

很快发的横财，会让人成为投机家和躁动者（法国人的说法更好，即entreprenant或remuant）[8]；但苦干得来的财富，才能造就一个能人。

幸运女神是应该得到尊重的，即便只是为了她的两个女儿：“自信”和“声誉”。因为成功会带来这两样东西，前者是在人自己的心中，后者是在他人对他的态度中。

所有明哲之士，为了消弭别人对其成就的嫉妒，总是把它们归功于上帝或幸运。这样，他们就可以更心安理得地享有这些成就了。况且，能得到神灵的关照，更可见这个人的伟大。

所以，恺撒在暴风雨中，对船的掌舵者说："你载的是恺撒，还有他的幸运。"[9]苏拉所选的称号不是"伟大的"，而是"幸运者"。

人们注意到，那些在公开场合过分地归功于自己的智慧和计谋的人，下场往往是不幸的。

有记载说，雅典人提谟修斯[10]在向国家汇报自己的政绩时，屡屡插入这样一句话："这里面一点幸运的成分也没有。"在这以后，他做的事情没有一件是成功的。

毫无疑问，有些人的幸运来得顺畅，就像是荷马的诗，在和别的诗人的诗相比时，要来得更流畅自如；就像普鲁塔克在把泰摩利昂[11]的幸运，和阿格西劳斯[12]与伊巴密浓达[13]的幸运相比较时所说的那样。毫无疑问，之所以如此，主要是因为一个人本身。

8 entreprenant：法语，意为大胆的，敢干的；remuant：法语，意为好动的。

9 原文为拉丁文。见普鲁塔克《恺撒传》第38章。

10 Timotheus（？—前354）：古希腊政治家和将军。在雅典与斯巴达的战争中多次担任指挥官。

11 Timoleon（？—前337）：古希腊科林斯将军。普鲁塔克在《泰摩利昂传》中写到他在战场上能"静悄悄地、很容易地得胜"。

12 Agesilaus（约前444—前360）：斯巴达国王。战功卓著，但最后死于征战。

13 Epaminondas（约前420—前362）：古希腊底比斯将军。战功卓著，最后也死于征战。

People 1923
[俄]康斯坦丁·由安 Konstantin Yuon

41

论有息贷款[1]

许多人对有息贷款进行过风趣的抨击。他们说，我们收入的十分之一，本来是应该贡献给上帝的，可惜现在被魔鬼占了。[2]他们还说，放贷人是安息日的最大破坏者，因为在礼拜天他的犁还在耕田。他们又说，放贷人是维吉尔所说的雄蜂：

> 它们把这群好吃懒做的雄蜂，从蜂巢里赶走了。[3]

他们又说，放贷人破坏了在人类堕落之后，上帝给他们制定的第一个法条，即

1 原题中的“usury”，今天一般是高利贷的意思。但在培根时代，这个词指的只是有息贷款。在伊丽莎白统治时期，法律规定的最高年息是10%。1623年英国国会又通过法令，将最高年息降为8%。

2 欧洲基督教会向居民征收什一税。英王亨利八世和女王伊丽莎白一世时期法律规定的最高年息，也是十分之一，即10%。

3 原文为拉丁文。出自维吉尔《农事诗》第4卷第168行。

“你必汗流满面才得糊口”[4]，而不是靠“他人汗流满面”来糊口。他们又说，放贷人应该戴上橙色或黄褐色的帽子，因为他们犹太化了。[5]他们又说，让钱生钱是违反天道的[6]，等等。

我只想说，有息贷款是“因为心硬而得允许”[7]的。既然借与贷必然存在，而人心刚硬，又不愿白白借钱给人，所以必须允许有息贷款。

也有人针对银行、个人财产申报和其他创新提过巧妙和令人觉得可疑的提议，但很少有人对有息贷款发表过有用的意见。把放贷的不利和有利之处列举出来，这样就可以斟酌选择它的好处，然后小心地提供贷款，这样就可以趋利避害。

有息贷款的不利之处

有息贷款的不利之处是，第一，它会减少商人的数量。因为如果不存在放贷这种偷懒行当的话，金钱就不会被闲置，大部分会被用于商业，而商业是国家财富的门静脉。

第二，它会让商人变穷。农民如果要交很高的地租，就不能很好地耕种土地。商人如果要交很多的利息，就不能做好他

4 见《圣经·旧约·创世记》第3章第19节。

5 在当时威尼斯的犹太人居住区，犹太人被迫戴上红色或橙色的包头，以示区别。

6 此说可以一直追溯到亚里士多德在《政治学》一书中提出的对放贷的看法。

7 原文为拉丁文。参见《圣经·新约·马太福音》第19章第8节：“摩西因为你们的心硬，所以许你们休妻。”

的行当。

第三点是跟前面两点有联系的，那就是君主或国家的货物税的减少，而这是随着商业活动而消长的。

第四，它会把一个王国或国家的财富集中到少数人手里。因为放贷人的收益是有保证的，而其他行当的收益却是无保证的，游戏玩到最后，钱都进了庄家的箱子里。而财富只有得到比较平均的分配时，一个国家才会兴旺。

第五，它把土地的价格压低了。因为金钱的主要用途，要么是用来经商，要么是拿来买地，而贷款把这两个途径都拦截了。

第六，它压抑和窒息了所有的工作、改良和新的发明。金钱本来会激发这些活动，如果没有贷款这个阻碍的话。

最后，它蚕食、毁灭了许多人的产业，逐渐让大众变得贫困。

有息贷款的有利之处

另一方面，有息贷款的有利之处是，第一，尽管贷款在有些方面阻碍了商业，但在其他方面，它却是促进了商业的发展的。因为毫无疑问，大部分的商业，是借了有息贷款的年轻商人在经营着的。如果放贷人把钱收回，或者是留在手里不借出去，马上就会发生严重的商业停滞。

第二，如果不能容易地借到有息贷款，如果遇到急需，人们一下就会破产。因为他们迫不得已，只能以大大低于其真实价值的价格，把他们的财产（不管是土地还是货物）卖掉。因此，尽管贷款对人们的财产有损耗，但不景气的市场则会把他们整个儿吞食。

至于抵押或典当，它们于事无补。因为一方面人们不愿意对典当款不收利息；即便愿意，他们着眼的也是没收典当物。记得有那么一位狠心的乡下富翁，他常说："让贷款见鬼去才好。它让我们没法没收抵押的财物和契据。"

第三点也是最后一点，设想能有普遍的无息贷款的存在，是愚蠢的。如果借款被禁止，带来的不便之多，简直难以想象。因此，有关废止有息贷款的言论都是空谈。在所有国家都存在着有息贷款，只是种类和利率不同。所以，这种言论只能送到乌托邦去。

现在谈谈对有息贷款的改革和管理，怎样避免它的不利之处，怎样保留它的有利之处。

要平衡有息贷款的有利和不利之处，看来要调和这两样东西。一方面，是贷款的牙齿要磨钝一些，让它不能一口咬得太大；另一方面，要保留一条畅通的渠道，鼓励有钱人放贷给商人，让商业活动能够持续并且加快。

如果不推行两种不同类型的有息贷款，一种利息较低，一种利息较高，就做不到这一点。因为如果把有息贷款的利率降到一个低水平，这减轻了普通借款人的压力，但商人就会借不到钱了。需要注意的是，商业获利最厚，所以能承担较高的利率；其他行业就不行了。

简略地说，要达到上述的两个目的，要采取以下方法。有息贷款要设定两种利率。一种是不受限制的，对所有人通用的；另一种是必须经过特许，只有某些人，在某些特定的商业区域才可以发放的。

第一种通用的有息贷款利率，要降到百分之五。要正式宣布，这个利率的贷款是通用的，不受限制的。国家对这种利率的贷款的收益，不收取任何税款。这样做可以保护借贷，使之不至于停顿或枯竭，还将减轻国内无数借款人的压力。总的来说，这个做法还将提升土地的价格，因为以相当于十六年地租的价格购买的土地，每年可以产生百分之六或稍多一点的收益，而这种贷款的利润只有百分之五。同样，这一做法也将鼓励和刺激有利可图的各种行业的改良，因为许多人会情愿冒险投资于这类事业，而不愿收取百分之五的利息，尤其是那些习惯了获取高额利润的人。

其二，要给某些人以特许，允许他们以较高的利率，借款给知名的商人，但要有一些预防措施。这种贷款的利率，即便对商人来说，也要比他之前习惯支付的利率要稍低一点。这样，这一改革就会给所有借款人都减轻一点负担，不管他是商人还是别的什么人。

不要允许成立什么银行或合股的资金，要让每个人都做自己的钱的主人。并不是我全然不喜欢银行，而是因为它们在某些方面令人生疑，很难容忍。[8]

为了所颁发的特许证，国家应得到一小笔费用，其余利润都留给放贷人。如果扣除的数额很小的话，是不会让放贷人灰心的。举例来说，如果放贷人之前的收益是百分之九或十，那么他宁可把收益降到百分之八，也不愿放弃放贷的行当，撇下保险的利润，而去追求冒险的利润的。

这些获得特许的放贷人的数目不必限定，但要把他们限制在几个主要的商业城镇经营，这样他们就无法借国内其他人的钱，伪称是自己的钱借出去了。这样，通用的利率为百分之五的贷款的资金，就不会被特许的利率为百分之九的贷款吸走了，因为没人会愿意把自己的钱送到很远的地方去，也不会愿意把钱交到陌生人的手里。

如果有人提出反对意见，说以前只是在有些地方允许放贷，你提出的做法等于把它合法化了，那么我的答复是，与其让放贷在默许下猖獗，不如让它在官方认可下得到控制。

8 当时的英国尚未成立银行，并且银行因为其在金融上的力量，而受到当局的怀疑。

A Busy Street in Brussels
[比]莱昂·斯皮利亚尔 Leon Spilliaert

42

论青年与老年

如果不浪费时间的话，人是可以做到少年老成的。但这很少发生。一般来说，青年就像是人的第一个想法，总不如第二个想法那么明智。

在年龄上有青年，在思想上也有。但青年人的创造力比老年人的更活跃；新鲜的想法如有神助，不断地流入他们的脑袋。

生性偏激、欲望强烈、心思不定的人，只有在过了盛年之后，才能成熟地行事。尤利乌斯·恺撒和赛普提缪斯·塞维鲁[1]都是这样。关于后者，有人说，“他在青年时代犯了许多错误，不仅如此，还做了许多

1 Septimius Severus在193年即皇帝位，时年47岁。

疯狂的事”[2]。然而，在所有罗马皇帝中，他大概是最有能力的一位。

但生性从容的人，年轻时就能有所成就，像奥古斯都·恺撒、佛罗伦萨公爵科西莫[3]、加斯东·德·富瓦[4]等人就是这样。从另一方面来说，有激情和活力的老年人，其性情也适合从事公务。

年轻人更适合创造而不是评判，更适合执行而不是出谋划策，更适合从事新的任务而不是做例行的事务。至于有经验的老年人，如果事情是在他们的经验范围之内，他们能使之走上正路；如果是新生事物，他们会使之误入歧途。

年轻人的错误会使事情全然失败；老年人的错误充其量只是做得不足，或完成得太晚。年轻人在经管事务时，常常包揽的要比他们能处理的多，扰乱的要比他们能解决的多；急于求成，却不考虑手段和步骤；随便拟定几条原则，就按照它们行事；贸然创新，引起未能预料的不便；采取极端的补救措施，结果错上加错，还不肯承认，不能改正。就像匹笨拙的马，既不能停步，也不肯转弯。老年人太喜欢反

2 原文为拉丁文。是对A Spartianus《塞维鲁传》里的话的改写。

3 Cosimo I de' Medici（1537 — 1569），17岁时即成为佛罗伦萨公爵。

4 Gaston de Fois(1489 — 1512)，法王路易十二的外甥，内穆尔公爵，法国军事领导人，21岁时即赴意大利任指挥官，以指挥1511 — 1512年间的坎布莱联盟之战出名。

Belvedere Overlooking Montmartre 1886
[荷]文森特·威廉·凡·高 Vincent Willem van Gogh

对，太不愿冒险；总是商量太久，后悔太早；做事很少能贯彻到底，而是见好就收。

显然，用人最好是老少结合。这对当前有利，因为两者各自的长处可以弥补对方的短处；这对将来也有益，因为在老年人发号施令时，年轻人可以在一旁学习。最后，这对处理外部的突发事件也是好的，因为年长者有权威，而年轻人容易赢得好感和大众的支持。

然而从道德的角度来看，也许年轻人更卓越，因为老年人考虑政治太多。[5]

某位拉比[6]从《圣经》里的这句话“你们的少年人要见异象，老年人要做异梦”[7]推断出，上帝允许青年人比老年人更靠近他，因为异象是比异梦更清晰的一种神示。显然，人世之酒饮得越多，醉得也就越厉害。年龄对增强理智，而不是对增强意志和激情有益。

确有少数过分早熟的人，但不久就江郎才尽。这些人中第一种才华脆弱，不久就失去锋芒，比如修辞学家赫摩吉尼斯[8]。他的著作极为精妙，但后来就变蠢了。

第二种人有些天生的才华，但这种才

5 亚里士多德在《修辞学》一书中写道，年轻人“爱荣誉胜过爱金钱……他们更愿意做高尚的事，而不是有用的事”，而“老年人考虑什么是有用的太多，什么是高尚的太少，并以此来指导自己的生活”。

6 指犹太教学者艾撒克·阿布拉内尔（Issac Abravanel，1437 — 1508），哲学家、《圣经》评注家。

7 见《圣经·新约·使徒行传》第2章第17节。

8 Hermogenes，2世纪的著名希腊修辞学家，在18到20岁之间著书数部，但在24岁时就完全失去了记忆。

华在青年人而不是在老年人身上更有魅力。比如口若悬河、舌灿莲花的辩才，这适合青年人，但不适合老年人。图利[9]这样评论霍坦西乌斯[10]：“他依然故我，但他的故我已经不再适合他了。”[11]

第三种人是在开场时调门太高，时间长了难以为继，比如李维笔下的西比奥·阿非利加努斯[12]：“他的晚年不及早年。”[13]

9 Tully，即古罗马演说家西塞罗。

10 Hortensius（前114—前50），与西塞罗同时代的演说家。

11 原文为拉丁文。

12 Scipio Africanus（前236—前184），罗马名将，于前202年率军攻破迦太基，结束了第二次布匿战争。李维在《罗马史》第38卷中写道，阿非利加努斯更适合打仗，不适合他晚年的和平时期。

13 原文为拉丁文。此句实出于奥维德《女杰书简》第9篇第23行。

Two Girls with Parasols at Fladbury 1889
［美］约翰·辛格·萨金特 John Singer Sargent

43

论美貌[1]

才德犹如光彩夺目的宝石，最好镶嵌在素净之物上。无疑，有才德之人最好是长相俊秀，但不是体态风流；仪表端庄，而不是容貌秀丽。很少见到绝美之人同时也才德出众；好像自然在造物之时只求无过，不求创造杰出之人似的。因此美貌之人容止可观，却心无大志；只求仪态之美，而非才德。

但这也不能一概而论。如奥古斯都·恺撒、泰特斯·韦斯巴芗、法王“美男子”菲利普[2]、英王爱德华四世[3]、亚西比德[4]、波斯索菲王朝之伊斯梅尔王，都是当时最

1 此文中所说之beauty为人的形貌之美，而非一般意义上的美，故译为“美貌”。

2 指菲利普四世，1285－1314年间法国国王。

3 Edward IV，1461 — 1483年间在位的英国国王。

4 Alcibiades（约前450 —前404），雅典将军与政治家。

美貌之人的秋天也是美的

Portrait de Femme
[荷]凯斯·凡·东根 Kees van Dongen

瑰伟的男子，也是一代英豪。

在美貌上，五官之美更胜肤色之美；而庄重优雅之风度，又更胜五官之美。这是美的最幽微之处，图画所不能及，见到真人时第一眼也看不出。

绝世的美貌常常在比例上有些奇特之处。很难说是阿佩勒斯[5]还是阿尔伯特·丢勒[6]更浪费时间，他们一个按几何比例来画人脸，另一个又从几张不同的脸上采取不同的部分来画一张最美的脸。这样的脸，我想除了画它的画家外，无人喜欢。我想，画家能够画出比所有存在过的脸都更美的脸，但只能通过妙手偶得（就像音乐家写出一段优美的旋律一样），而不是通过规

5 Appelles：古希腊最著名的画家之一，约活动于前340—前323年间。据说他曾集合了五位美女最美的部分，画了维纳斯的像。

6 Albert Durer：丢勒（1471—1528），德国画家。培根在这里所指的是他在1532年所作的《论人体各部之比例》。

Maria at la Granja 1907
[西] 华金·索罗拉 Joaquin Sorolla

则。有些人脸，如果你一部分一部分细看的话，没有一部分是好的，但整体看很美。

如果美真的是主要在于仪态的话，那么年高者看上去可爱很多，也就不足为奇了。“美貌之人的秋天也是美的。”[7]考虑到年轻可补美貌之不足，对年轻人只有加以特许，才能认为他们是美的。

美貌就像是夏日的水果，容易腐烂，不能持久。多数时候它会使人在年轻时放荡，在年老时沮丧。可是当然，如果合适的人拥有美貌，它会使才德放光，罪愆脸红。

7 原文为拉丁文。语出普鲁塔克《亚西比德传》。

44

论畸形者[1]

畸形者和老天两不相欠。老天待他们不仁，他们也对老天不义。如《圣经》所说，他们中的大多数人是“无亲情的”[2]，他们就这样报复了老天。

在肉体和心灵之间，无疑存在着一种契合；如果老天在某方面犯了错，就会在另一方面大胆冒险。[3]可是因为人在思想的结构上可以有选择，而在肉体的结构上只能听天由命，所以决定人的天性的命星，有时会被学养和才德的太阳所遮掩。所以，最好不要把畸形看作一种标志，这会让你上当；应当把它看作一种起因，它几乎总会产生某些效果。

无论是谁，只要身上有某种招人轻蔑的永久性缺陷，就会有一种永恒动力，要把自己从蔑视中解救出来。因

Dynamism of the human body Boxer 191
[意]翁贝托·薄邱尼 Umberto Boccioni

此，所有畸形人都极为大胆。最初，因为易受蔑视，大胆只是自我保护的手段；但长此以往，就养成了习惯。

畸形还使他们勤勉，尤其是使他们勤于观察别人的弱点，以期有把柄可以报复。其次，上位者觉得可以随意践踏畸形者，因此消除了对他们的嫉妒。对头和敌手则对他们不加提防，不相信他们会得到提拔，直到目睹他们就职为止。所以，总体上，对才智出众之士来说，畸形反而是升迁的有利因素。

古代的帝王常常极为宠信阉人（现在有些国家还是这样），因为阉人嫉妒天下人，只对君主一人恭顺尽职。但帝王只是让阉人充当可信赖的密探和耳目，而不是做可信赖的文武官员。重用畸形人也是为了类似的缘故，因为如果他们是有志气的人，他们就会努力摆脱别人的轻蔑，而办法只能是要么为善，要么为恶。

所以有时见到畸形者也成为杰出人物的话，不必惊讶。他们当中包括阿格西劳斯[4]、苏里曼之子赞格尔[5]、伊索[6]、秘鲁总督加斯卡[7]，苏格拉底[8]等也可归于这一类。

1 据说培根此文乃为他的表弟、伊丽莎白女王和詹姆士一世时的权臣罗伯特·塞西尔（Robert Cecil，1563 — 1612），萨利斯伯里伯爵一世所作。塞西尔天生驼背。此文最早发表于1612年，塞西尔死后。

2 见《圣经·新约·罗马书》第1章第31节。但《圣经》里的相关章节说的并不是畸形人。

3 原文在这里有一句同义的拉丁文。

4 Agesilaus（前444 —前360），斯巴达国王，是个瘸子。

5 Zanger，奥斯曼帝国苏里曼一世之子，是驼背。

6 Aesop，古希腊寓言作者，据说相貌丑陋。

7 Pedro de la Gasca（约1493 — 1567），据说相貌丑陋。

8 Socrates（前469 —前399）：古希腊哲学家、教育家。与他的学生柏拉图、柏拉图的学生亚里士多德并称为“古希腊三贤”，是西方哲学的奠基者。据说苏格拉底貌极丑，但并非畸形或残废。

45

论建筑[1]

建房是为了住在里面，而不是为了给人看的。因此，要把适用放在整齐前面，除非两者可以兼得。只考虑美观的房屋结构，留给诗人们的魔宫好了，[2] 他们造这些房子是不用花钱的。

在不合适的地点建一所漂亮的房子，等于是把自己关入了监狱。

我所认为的不合适的地点，不光指气候不利健康，也指气候多变。你可以看到许多漂亮的房子建在一个小山丘上，为更高的山丘所包围。这样的话阳光的热量被困在里面，风也被山谷导向那里，因此会骤冷骤热，气温多变，就像住在几个不同的地方似的。

Saint-Mammes, Morning 1881
[法] 阿尔弗莱德·西斯莱 Alfred Sisley

不合适的地点，不仅仅是气候不好造成的，还有道路不良，购物不便，如果你请教莫摩斯[3]，就还有恶劣的邻居。

还有许多，我就不细说了：缺水；缺乏林木和它的荫凉、遮蔽；土地贫瘠，地形缺乏变化；缺风景；缺平地；近处没有可以进行打猎、放鹰、跑马等消遣活动的地方；离海太近，或者是太远；没有河流通航之便，却有河水泛滥之弊；离大城市太远，办事不便；或者离大城市太近，消耗大量生活必需品，造成物价昂贵；可以置买一大片地产，可是缺很多东西。所有

1 培根在此文中所说的是君主的宫室，而非普通人的居所。

2 如意大利诗人阿里奥斯托（Ludovico Ariosto，1474 — 1533）所写的长篇传奇叙事诗《疯狂的奥兰多》，和英国诗人斯宾塞（Edmund Spencer，1552 — 1599）所写的长篇寓言诗《仙后》中的出于想象的宫殿。

3 Momus：希腊神话中的嘲弄与非难指摘之神。他批评智慧之神雅典娜的新屋，说没有装上轮子，无法逃避恶劣的邻居。

这些因素，是不可能都聚在一起的，但最好都要了解，并且加以考虑，才可能综合尽可能多的优点。如果能有几处住所，那么可以进行规划，使得在一个住处缺的东西，能在另一个住处得到。

庞培在卢卡拉斯[4]的一所住宅里，看到有宏伟的拱廊和宽敞明亮的房间，就说："这真是个消夏的好地方，可是你怎么过冬呢？"卢卡拉斯回答得很好。他说："怎么，你觉得我还没有一些鸟儿聪明吗？他们在冬天即将到来时总会迁居的。"

现在从房屋的选址说到房屋本身。我们打算采纳西塞罗谈演说家的艺术的方法。他写过一个几卷本的《论演说家》[5]，又写过一本《演说者》[6]。前者论述演讲术的规律，后者描述演讲术的完美体现。因此我将简短地描述一所王侯的宫殿，来作一个完美宅邸的样板。

现在在欧洲，有梵蒂冈、埃斯科里亚尔宫[7]和其他一些宏伟的建筑，可里面几乎没有一间让人觉得舒服的房间，看到这情形，是让人觉得奇怪的。

因此，首先，我想说一座完美的宫殿，

4 Lucullus（约前117—前56）：古罗马大将，曾任财务官、行政长官等，以宅第崇丽、宴饮奢华著称。

5 原文为*De Oratore*。

6 原文为*Orator*。

7 Escurial，即El Escorial，西班牙马德里城外的巨大宫殿建筑群，为腓力二世在1563—1583年间所建。

8 《圣经·旧约·以斯帖记》第7章第8节提到"酒席之处"。

9 newel：螺旋形楼梯中柱，是在约1605年左右刚引入英国的建筑上的革新。

必须分成功能不同的两侧。一侧用作宴会厅，如《以斯帖记》里所提到的[8]，另一侧用作起居之所；一侧用来大排筵席、举行盛典，另一侧用来居住。

我说的这两侧，指的不仅是房屋的两厢，还包括部分正面的建筑。它们从外面来看风格一致，但在内部是分隔开的。在正面建筑的当中，要有一座高大宏伟的主楼，这两侧位于主楼的两边，由主楼把它们连接起来。

在作为宴会厅的一侧，在正面建筑的楼上，我想要只有一间美观的大房间，约四十英尺高；下面也有一间房间，作为举行盛典时的演出者的更衣、准备之所。

在作为起居之所的另一侧，我想要把它从主楼开始，就先分隔出一个大厅和一个礼拜堂（中间要有隔墙），两者都要美观宽敞。但这两间屋子不能把这一侧的整个长度都占了，在另一头还要设两间精致的小客厅，分别在冬、夏所用。

在这些屋子下面，要挖一个美观、宽敞的地窖；还要挖几个私人的厨房，附带食品储藏室、餐具室等。

至于主楼，我想它要有两层，高于两侧辅楼之上，每层高十八英尺。屋顶要铺上好的铅皮，并且每隔一定距离，安置装饰的雕像。主楼也应该根据需要，分隔成若干房间。

通往楼上房间的楼梯，应安装在美观并且外露的螺旋形楼梯中柱[9]之上，中柱上要用精细的涂成黄铜色的木雕环绕装饰，在楼梯顶端要有非常漂亮的楼梯平台。

这样做有一个前提，就是你不把楼下的任何一间房间指定为仆

Schloss Kammer on the Attersee IV 1910
[奥]古斯塔夫·克里姆特 Gustav Klimt

人的餐厅。不然的话，你就会在吃过饭后，又吃一次仆人的饭，因为这种楼梯的通道就像是烟囱，会把仆人的饭菜的味道吸上来。关于正面的建筑我就写到这里。不过补充一句，我所说的第一层楼梯的高度，是十六英尺，跟底层的房间高度一样。

在正面建筑的后面，要有一个美丽的四方庭院[10]，但其余三面的建筑要比正面建筑低很多。在这个庭院的四角都要有美观的楼梯，但楼梯要建在角楼里。角楼要凸出在成排的建筑之外，而不是建在里面。但这些角楼不能跟正面建筑一样高，要跟较低的建筑相协调。

庭院里不可用砖石铺面，因为这在夏天会反射出大量热量，在冬天又平添几分寒意。只有庭院四边的小路，和当中的两条成十字交叉的路，可以铺面。这两条路把庭院分成四份，上铺草皮，可以放羊不断把草啃短，但不能啃得太短。[11]

在宴会厅那一边的一排厢房，里面应当都是美观的长廊。长廊里要有三到五个精致的穹顶，间距相同。还要有不同图案的精美彩色玻璃窗。

10 有学者认为，培根在这里所想的是他曾经就读的剑桥三一学院的四方庭院。

11 原文比较简略难解，造成翻译上存在许多问题。这一段的译文参考了Brian Vickers的注解，添加了一些细节：the lawn to be surrounded by stone paths, with two central paths intersecting and dividing it into quarters, the turf being cropped by grazing sheep。这个庭院的布局，也和我曾去游览过的剑桥三一学院的大庭院布局相同。

在作为起居之所的那一边的厢房，要有接见室和家庭的公共休息室，还要有几间卧室。

这三面的建筑都应该是两面都有房间，两边都有窗户采光，这样，在上午和下午，都能有可以避开阳光的房间。

要安排得既有可消夏的房间，也有可过冬的房间。夏天的房间要荫凉，冬天的房间要暖和。有时你会看到满是玻璃窗的漂亮房子，人不知道该往哪里去才能躲避日晒或是寒冷。

凸窗我觉得是很有用的（在城市里，考虑到房屋临街一面的整齐，平窗要好一些），它们是私下谈话的好去处，还能避开风吹日晒。能贯穿全屋的日光和风，是很少能穿透这种窗户的。但凸窗不能多，只能在厢房，有朝向庭院的四扇。

在这个庭院的后面，要再有个内院，和前面那个院子的面积要一样大，地势要一样高。这个庭院四周要以花园环绕；靠里的四周要都是回廊，建在大小合度而美观的拱形结构上，高度和第一层楼相等。[12]

下一层，朝向花园的那一面，要把它

12 这第一层，按中国人的叫法，实为第二层。

改造成避暑的洞室、荫凉之处或夏屋。这些洞室只能在朝花园的一面有窗户和出口，要和地面齐平。为避免潮湿，低于地面一点儿都不行。

在这个内院的中央还应该有一座喷泉，一些漂亮的雕塑，道路的铺设方法要和前院相同。

这个院子两边的建筑都应该用作私密的居所；底端的一排可作私人的陈列室。但其中有一间房间可安排作病室，以防君主或某位贵人染恙。病室应附有卧室、前厅、休息室等房间。这是在二楼。

在底楼，要有个漂亮的、敞开的柱廊，三楼也同样，用来观赏清新的花园美景。

在远端的两个角落，在拐角的地方，要有两个精致华美的展示室，地面要铺得很考究，墙上要挂华丽的挂毯，窗户要用透明无色的玻璃，中央要有个富丽的穹顶，还有其他能想到的优雅的东西。

在楼上的那个柱廊里，如果有地方的话，最好墙上能有几处流泉，从精致的出水口里流出来。

关于宫殿的样板，我就写到这里。还有一点要补充的，就是在来到宫殿的正面建筑之前，先要经过三个庭院。第一个是全用草皮覆盖、有围墙环绕的庭院。第二个庭院也相同，只是多一些装饰，围墙上有些小的塔楼或者说点缀。第三个庭院，和宫殿的正面建筑合成一个正方形，但不要有房屋，也不要有光秃秃的围墙，而是三面都要用铅皮铺顶的露台围绕，加以美丽的装饰。内侧是柱廊，下面不要有拱形结构。

至于办公之处，则应远离宫殿，通过较低的拱廊，和宫殿相连。

46

论花园

第一个营造花园者是全能的上帝。[1] 种植也确实是人类最纯粹的乐趣。在花园中，人的精神能得到最大的恢复。没有花园，建筑和宫殿都不能脱去人工的生硬痕迹。

总是可以看到，当时代变得文明和风雅的时候，人们先开始建造宏伟的建筑，然后才学会有技巧地种花，就好像园艺是一种更高的造诣似的。

我确实认为，在王家园林的设计中，一年之中的每一个月都应该有一个花园，里面种着当令的各种美丽花木。

为了十二月、一月和十一月的下半月，

1 见《圣经·旧约·创世记》第2章第8节："耶和华神在东方的伊甸立了一个园子，把所造的人安置在那里。"

Madame Valtat in the Garden at Antheor 1901

法］路易斯·华塔特 Louis Valtat

你必须种一些一冬常绿的植物，比如冬青、常春藤、月桂、杜松、柏树、紫衫、结球果的松树、冷杉、迷迭香、薰衣草、长春花（包括白色、紫色和蓝色的品种）、香科科属植物[2]、鸢尾，还有橙树、柠檬树和爱神木，如果能有温室给它们用炉子加温的话；[3]再加上香马郁兰[4]，要种在向阳的地方。

接下来，为了在一月的下半月和二月看花，要种在那时开花的矮种月桂树，春番红花，包括黄色和灰色的品种，报春花、银莲花、早花种的郁金香、东方风信子、矮种鸢尾，还有贝母。

为了三月份看花，要种香堇菜[5]，尤其是单瓣蓝色的那种，它开花最早了，黄水仙、雏菊、杏花、桃花、欧亚山茱萸，还有多花蔷薇。

四月份，接下来开花的有重瓣的白花香堇菜、桂竹香、紫罗兰[6]、黄花九轮草、鸢尾、多种百合、迷迭香、郁金香、重瓣的牡丹、浅色水仙、法国金银花、樱花、李花和丹姆逊李花[7]，正在抽叶的白花山楂，还有丁香。

五月、六月，有各种颜色的番石竹[8]开

2 原文为germander，即Teucrium，香科科属植物，包括多种原产地中海地区的香草和灌木，如鼠尾草等。

3 橙树、柠檬树和爱神木原来生长在气候比较温暖的地方，都不是原产英国的植物，冬季畏寒，所以需要温室保暖。

4 sweet marjoram：唇形花科的一种香草。

5 原文为violet，这个词既可以指香堇菜，也可以指紫罗兰，但因后文有stock-gilliflower一词，专指紫罗兰，所以这里译为香堇菜。

6 原文为stock-gilliflower。

7 dammasin，又作damsontree，英国的一种小李，味涩，常在烹调时调味用。

8 原文为pink，指康乃馨的一种，即clove pink，比一般的康乃馨要矮小，有各种颜色，花芳香。这里的pink不是指颜色，而是说它的叶子形状像尖齿。学名为Dianthus caryophyllus，中文又称香石竹。

花，尤其是粉色的，各种各样的玫瑰，除了麝香玫瑰，那要晚些才开花，金银花、草莓、琉璃苣、耧斗菜、法国万寿菊、非洲万寿菊、挂果的樱桃树、挂果的无花果树、覆盆子、葡萄花、薰衣草花、芳香的开白花的红门兰、葡萄风信子、铃兰、开花的苹果树。

七月份有各种康乃馨[9]开花，麝香玫瑰、椴树开花，早熟的梨和李挂果，吉尼亭苹果[10]和考得林苹果[11]。

八月份有各种李树、梨树、杏树挂果，小檗树结果[12]，榛实、西瓜，各种颜色的乌头花。

九月份有葡萄、苹果，各种颜色的罂粟花、桃子、大桃、油桃、山茱萸的果实[13]、冬梨[14]，在十月和十一月初，有花楸果、欧楂果[15]、野李、因修剪或移栽而晚开的玫瑰、圣栎树结的栎实，等等。

以上是特指伦敦气候而言的，但我的意思也很明白，那就是你可以因地制宜，拥有永久的春天[16]。

花香飘在空中（它飘忽来去，就像是音乐里的颤音），要比把花拿在手里的时候

9 原文为gilliflower，在英文里可以指康乃馨，也可以指紫罗兰、桂竹香等几种花，但从开花时间来看，应该指康乃馨，即Dianthus caryophyllus。根据《大不列颠百科全书》，在培根的时代，这个词特指康乃馨。

10 geniting：一种早熟的苹果。

11 quadlin：一种果实为绿色、果形较长的英国苹果，用于煮食。

12 小檗树结的红色浆果，英国人用来制水果馅饼。

13 山茱萸树所结的红色或紫红色的长椭圆形核果，在英国的部分地区被用来制水果馅饼。

14 warden：梨的一个品种，供煮食用。

15 medlar：欧楂树结的果实，只有熟透并部分开始腐烂后才可食用。

16 原文为拉丁文ver perpetuum。

香得多。所以，要获得这种快乐，就必须了解哪些花和植物最能让空气芬芳起来。

大马士革玫瑰和含苞未放的玫瑰，是最吝啬香气的了。你可以走过一大排这样的玫瑰，却一点香气也闻不到，即便是在晨露中。

月桂在生长过程中也不放香。迷迭香香气很少。甜马郁兰也是。

在空气中放香最多的，是香堇菜，尤其是白色重瓣的那种。它一年开两次，一次是在四月份，一次是在圣巴多罗马节[17]前后。其次是麝香玫瑰。还有草莓正在干枯的叶子，会发出很好闻的令人振奋的香味。再次是葡萄的成簇小花，刚开放时有粉尘般的花粉，就像剪股颖的花粉一样。再次是多花蔷薇。再次是桂竹香，把它种在客厅或卧室的较低矮的窗下，是很令人愉悦的。再次是番石竹和康乃馨，尤其是成丛的番石竹和麝香石竹。再次是椴树的花。再次是金银花，只是最好要种得远一点。[18]至于豆花我就不谈了，因为它

Montmartre behind the Moulin de la Galette 1887
[荷]文森特·威廉·凡·高 Vincent Willem van Gogh

是野花。

但那些被人践踏并压碎，而不是在人经过时在空气中放出极为悦人的香气的，有三种植物，即小地榆、野百里香和水生薄荷。因此，你应当在园中小径上种满这些植物，以便在散步或踩踏时享受这种快乐。

至于花园（在这里所谈的是真正适合于君主的，如前文所说的建筑一样），其内部的土地面积不应过多地少于三十英亩。[19]园地应分成三个部分：入口处的一片翠绿草地；出口处的一片野地或荒地；中间是花园的主要部分；此外两边还要有路径。

我想分配四英亩园地作为草地；六英

17 Bartholomew-tide： 在每年8月24日。圣巴多罗马，耶稣十二使徒之一。

18 也许是因为金银花的香味比较浓烈。

19 如按三十英亩的规模建成一所花园，将是英国当时最大的花园。

亩作为野地；两旁的隙地各占四英亩；十二英亩作为主园。

草地可以给人两种乐趣：其一，没有比精心修剪过的绿草更悦目的了；其二，这片草地的中间可以作为路径，把你带到环绕花园的庄重树篱跟前。

但因为这路径会比较长，而在一年或一天之中的炎热时光，你不应为了获得园中的荫凉，而付出在烈日下穿过草地的代价，所以你必须在草地的两边，让木工搭起约十二英尺高的棚架，上爬藤蔓，形成一条荫蔽的廊道，由此可以到达荫凉的花园中。

至于在房屋面朝花园的窗下，用各种颜色的泥土拼成复杂的图案，不过是小家子气的玩意儿。你从水果馅饼的图案上，可以得到比这多几倍的乐趣。

花园最好是正方形的，四面都用庄重的、带拱门的树篱围绕。拱门应搭在木工制作的柱子上，约十英尺高，六英尺宽；拱门之间的距离，应和拱门的宽度一样。在拱门之上，也应有约四英尺高的完整树篱，有木工制的框架。在每座拱门之上，在上层的树篱上面，要有一座小角楼，中部有个可容一笼鸟的肚状鼓起。在拱门之间的树篱上方，要有一个图案、雕刻之类的东西，上贴大片的圆形镀金彩色玻璃，以反射光线。

我要把这树篱种在一道约六英尺高的堤埂之上，不要太陡峻，要有个平缓的斜坡，上面种满花。

我还认为，这个正方的花园不应和园地同宽，而应在两边留下足够的土地，供铺设小道，和草地上那两条绿荫覆盖的廊道联通。但是在这片树篱围绕的大花园两端，不能有带树篱的通路。在近的那端不能有，因为你从草地上过来时，会被它阻碍视线，看不到花园的美丽树篱；在远的那端也不能有，因为你从拱门望出去的时候，也会被它阻碍视线，看不清后面的野地。

至于大树篱之内的园地的布局，我觉得可以有多种构思；但我还是建议，不管你采用何种设计，首要的一点是不能太精细、太雕琢。比如我，就不喜欢把杜松或其他园艺植物修剪成特殊的造型。这是小孩子的玩意儿。我挺喜欢低矮的树篱，圆圆的，像衣服的绲边，带几个小金字塔。[20] 在有些地方，我也喜欢美丽的植物组成的柱子[21]，有木工制的框架。

我也喜欢宽阔美观的园中路径。主园两侧的隙地上可以有狭窄的小道，但主园本身不能有。

在园子的正中心，我还想要一座美丽的小山，有三级梯蹬或路径可以上达，宽度要足以让四人并肩而行；梯蹬应环山而上，边上不应有墙或突出的建筑物。整座小山应有三十英尺高，顶部有座精巧的宴会厅，内有造型简洁的壁炉，不要有太多的玻璃窗户。

喷泉很美丽，能让人身心为之一爽。但

20 文艺复兴和后来新古典主义时期的花园里，好把植物修剪成完美的几何形状，如圆球形、长方体、圆柱形、金字塔形等，有时也会把植物修剪成小动物等特殊形状。

21 原文仅说“美丽的柱子”，“植物组成的”为译者所加，因为上文在讲把植物修剪造型。把树木修剪成柱形，或把花盆堆叠在架子上形成柱形，也为西方园林中所常见。

池塘[22]却会破坏一切，让花园变得有害健康，到处都是蚊蝇和青蛙。

水池我想要两种，一种是喷水或冒水的，另一种是美丽的储水方池，面积约为三十或四十平方英尺，但里面不能有鱼、烂泥和黏滑的污物。

用镀金或大理石的雕像，如现在常用的，来装饰第一种喷水池是不错的。但关键是要让水流动起来，不能让它停留，不管是在水池里还是在储水箱中。这样，水就永远不会变色，不会变为绿色、红色或其他颜色，或集聚苔藓和其他腐臭之物。除此之外，喷泉还必须每天用人工清洁。喷泉下有几级台阶，四周有一块精心铺砌的地面，也是很好的。

至于另一种水池，我们也可以称之为沐浴池，可以有许多奇巧美丽的装饰。比如，池底可加以精心的铺砌，拼出各种图案；侧面也同样；还可以用彩色玻璃和其他闪光的东西来装饰。还可以用低矮的精巧雕塑来做围栏。这些我在这里就不细说了。但沐浴池的关键和我们前面提到的那种喷水池一样，就是水要不停地流动。要

22 此处指水不流动的池塘。

23 原文为sweet-william，是Dianthus barbatus的俗名，中文称须苞石竹，和前面提到的粉色康乃馨和康乃馨同为石竹科石竹属的植物。

24 原文为bear's foot，英文俗称stinking hellebore，因其压碎的植株会发出臭味。

25 小檗花近闻有些刺鼻，在远处闻起来还是芳香的。

26 red currants：今又称红加仑。

27 gooseberry：今又称鹅莓，中国东北地区称之为灯笼果。

有一个比池面高的水源，水从畅通的管道口流向水池，然后又从地下，从同样粗的管道里毫不停滞地流走。

至于那些精巧的装置，有的能让喷出的水划一道弧线而不溢出，有的能让喷泉以几种不同的形状涌起（像羽毛，像水杯，像华盖等等），它们看上去挺美，然而于健康和怡心无益。

至于园地的第三部分，野地，我想把它布置得和自然中的荒地尽量接近。野地里不能有树，只能有一些多花蔷薇、金银花和野葡萄组成的灌木丛。地上种香堇菜、草莓和报春花，因为这些都是香花，而且在荫蔽处长得很好。这些花应该东一簇、西一簇毫无规律地种在野地上。

我还喜欢鼹鼠丘（荒地里的那种）那样的小土堆，上面有的种上野百里香，有的种上番石竹，有的种上开花美丽的香科科属植物，有的种上小长春花，有的种上香堇菜，有的种上草莓，有的种上黄花九轮草，有的种上雏菊，有的种上红玫瑰，有的种上铃兰，有的种上红色的须苞石竹[23]，有的种上臭嚏根草[24]，诸如此类低矮但是芳香美丽的花朵。

在有些小土堆的顶上，可以种上直立的小灌木；有些不种。这些直立的小灌木可以是玫瑰、杜松、冬青、小檗（但因为小檗花的气味，只能稀疏地种一些）[25]、红醋栗[26]、醋栗[27]、迷迭香、月桂、多花蔷薇等等。但这些直立灌木应经常修剪，不可使之长得太大。

至于主园两侧的隙地，应该在其中多设幽僻的小道，有些要有完全的荫蔽，无论阳光是从哪里照过来。同样地，另一些小道应设计成避风的。当狂风呼啸的时候，走在上面要像走在室内走廊上一

Richard Gallo and His Dog at Petit Gennevilliers 1884
[法]古斯塔夫·卡耶博特 GustaveCailleb

样。这些小道必须在两端都种上树篱以挡风；而那些更为封闭的小路则必须铺上细细的小石子，不能长草，以防在走路时打湿鞋子。

在多数小道两旁，要种上各种果树；可以沿围墙种植，也可以自成行列。总的来说，还有一点应当注意的，就是种果树的狭长地带应当是宽阔美观的，地势要低，不能太高峻，上面可以种些美丽的花草，但只能点缀一下，不能太过茂密，以防它们夺走果树的养分。

在两侧隙地的尽头处，我主张应有一座不高的小山，站在山上，围墙的高度刚好齐胸，可以眺望四周的田野。

至于主园，两侧有一些两旁种果树的美丽小道，有几片漂亮的小果树林，还有布置妥帖的有座位的凉亭，我都不反对；但这些绝对不能布置得太密。主园不能给人以拥塞之感，要空间开阔，气息流通。

至于树荫，我觉得应得之于两侧隙地上的小径。如果你喜欢的话，可以在一年或一天炎热的时候，去那里散步。而主园，是为一年中较温和的季节而设的，也是为炎热的夏季中的清晨和傍晚，还有阴天而设的。

我不喜欢在花园里有鸟舍，除非它们大到可以在地面上铺上草皮，还可以种上活的植物和灌木；这样鸟儿就有较大的活动空间，能自然地营巢而居，在鸟舍的地面上也不会出现排泄物。

就这样，我勾勒了一座王家花园的轮廓，部分是通过定规矩，部分是通过画草图，但并没有设计一个模型。我规划这花园时完全不计工本，但这点费用对王公大人算不了什么。他们多数时候只听取工匠的意见，把一些东西拼凑到一起，花的钱也并不少。为了夸示富贵，他们有时会给花园添加雕塑之类的东西，但这些却对增加花园的乐趣毫无帮助。

种植
也确实是
人类最纯粹的
乐趣

47

论协商

总的来说，口头协商，比用书信协商要好；通过第三方斡旋，比亲自出面要好。

如果想得到对方用书信作出的回复，或者想事后拿出自己的信作为证明，或者口头协商有被打断，或听不完全的危险，那么用书信协商也是好的。

有时亲自出面会引起对方的敬重（尊对卑的时候总是这样）；有时情况微妙，须察言观色，才知道说话分寸；有时人想保留否认或解释的自由，那么面谈也是好的。

在挑选出面会谈的人的时候，最好用实诚一些的人，他们会按你的嘱咐去做，

At Tabla 1893
[法] 爱德华·维亚尔 Edouard Vuillard

然后如实地把结果报告给你。不要去用那些奸狡之徒，他们会设法在别人的事务中给自己谋取好处，并且在汇报时言过其实，以取悦委托人。

那些喜欢他们被委托的事务的人，也可以任用，这可以大大提高办事的效率。还可以量才任事，如派大胆的人去抗议，派谈吐文雅的人去说服，派精明的人去探询观察，派喜欢抬杠和不讲道理的人去办有悖情理的事。

那些运气好，曾经办成过你所委托的事务的人，也可以任用，因为成功使他们自信，还会使他们努力维持自己的名声。

要试探跟你打交道的人，最好是旁敲侧击，而不要一开始就单刀直入，除非是你打算用一个出其不意的问题，让他措手不及。

跟私欲正炽的人打交道，要比跟欲求已满的人打交道容易。

如果在和人打交道时提出交换条件，那么最关键的问题就是谁先采取行动或履行条件。但一方是没有正当理由要求另一方先采取行动的，除非是事务的性质需要对方这样，或者是一方可以让另一方相信他将来仍有求于他，或者是让对方相信自己是比较诚实可靠的。

一切计谋的关键就在于察知对方的真情，或

左右对方。在信任他人之时，在感情冲动之时，在猝不及防之时，在有迫切的需要，想要做成某事，可是又找不到合适的借口之时，人都会显露自己的真情。

如果你想左右一个人，你必须要么了解他的性情和习惯，以便诱导他；要么了解他的目的，以便说服他；要么了解他的弱点和短处，以便吓唬他；要么了解那些和他有关系的人，以便支配他。

和狡诈的人打交道时，我们必须考虑他们的目的，以便明白他们的言辞。最好不要跟他们多说话，要说就说他们最不想听的。

> 在所有棘手的谈判中，
> 不要期待同时播种和收获。
> 对各种事务都要做好准备，
> 让它逐步成熟。

48

论随从与朋友

代价太高的随从是不可以喜欢的，以免造成一个人尾巴[1]太长，翅膀太短的局面。我所说的代价太高，不仅指的是花费大，也指的是请托不已，纠缠不休，惹人厌烦。普通的随从，除了主人的支持、引荐和庇护，使之免受欺凌，是没有权利要求更多的恩惠的。

从属于某个派系的随从更不能喜欢，他们不是出于爱戴而追随你，而是因为对他人的不满。我们经常见到的大人物之间的误会，一般都是由此引起的。

同样，喜欢夸耀的随从，也会带来许多

1 原文是train，一语双关，既有尾巴，又有随从的意思。

不便。他们把自己变成喇叭，到处鼓吹主人的美名。他们不能守密，所以常常坏事。他们拿走主人的荣誉，还给他的却是嫉妒。

还有一种随从，同样十分危险。他们其实是密探，常常打听主人家的秘事，然后把传闻报告给别人。但这样的人经常很受主人宠爱，因为他们很殷勤，相互之间还交换讯息。

大人物有某些特殊阶层的随从，和他所管理的事务相应（例如，曾被委任领军者，有一些军士做随从，以此类推），向来是名正言顺的。即便在君主制的国家，只要不过分地大张旗鼓，或受太多的人拥戴，也不会受猜忌。但主人如果能让各种各样的人都进德长才，并因此而为人追随，那才是最能带来荣耀的。

但是，在德才两方面都没有突出者的情况下，与其用较能干的人，还不如用较为人所接受的人。再者，说真的，在腐败的时代，活动能力较强的人，要比有德行的人更有用。

确实，在公务上，对待同等级的人一视同仁比较好。对某些人另眼相待，会让他们变得张狂，而其余的人则会心怀不满，因为他们也有权要求得到同样的待遇。

但反过来说，在施加恩惠的时候，对人善加区别和挑选也是好的。因为这让被提拔者更为感恩，使其余的人更为殷勤，因为一切都有赖于主人的恩惠。一开始，对任何人都不要过分优待，是比较明智的，因为这不可能持续。

只对一个随从（如通常所说的）言听计从，是不安全的，因为这表现出了你对他的宠爱。人们会肆意传播流言和丑闻，因为那些不愿直接批评或指摘主人的人，谈论起主人宠爱的人，就没有忌惮

了，并因此会损害主人的名誉。

然而，听取许多矛盾的建议更为糟糕；这让人成了墙头草，摇摆不定，最后只得采纳最后听取的意见。

只听取少数几个朋友的意见总是值得称赞的，因为“当局者迷，旁观者清”，“身处峡谷之中，才更能看出山陵的高峻”。

这世上本来很少友谊，地位平等之人之间的友谊更为罕见，这种友谊在过去受到了夸大。

现实中的友谊，是存在于荣辱与共的上级和下属之间的。

The White Man 1907
[比] 莱昂内尔·法宁格 Lyonel Feininger

49

论请托者

有权势者支持了许多邪恶的事情和阴谋，私人的请托确实破坏了公众的利益。[1]他们也支持了许多好的事情，但却出于坏的心思。我指的并不仅是腐败的心思，也包括狡猾的心思，也即口头答应，却并无行动的打算。

有的接受了请托，却根本没有采取切实行动的打算。可是，如果看到这件事有可能走别的门路获得成功，他们倒乐于赢得请托者的感谢，得到较少的一份酬报，或至少是利用一下请托者的希冀。

也有的接受请托，只是为了阻挠别的

1　在詹姆士一世的统治时期，请托公行，培根本人也卷入其中，最后因此下台。

事，或者是借此得到某种情报，因为不那样的话他们就没有合理的借口去打听。这个目的一旦达到，他们就不管所托之事的成败了。或者，在一般的情况下，别人托办的事只是个引子，他们最终要达到的是自己的目的。

甚至有的人接受请托，全部目的只是让所托之事失败，为的是取悦请托者的对手或竞争者。

显然，对所有受托的事情的处理，都有某种程度上的对错。如果是诉讼官司，那么有是否公正的问题；如果是求请职位，那么有是否才配其位的问题。如果一个人因为徇私偏袒官司中理亏的一方，那么他最好利用他的影响让两造和解，不要把事情做绝。如果他因为徇私偏向提拔庸才，那么他最好在这样做的时候不要毁谤更值得提拔的贤才。

如果有人托办你不是很懂的事情，最好去请教可信赖和有见识的朋友，他会告诉你卷入这样的事情是否会有损名誉。但这样的顾问要审慎选择，否则会被人牵着鼻子走。

请托者最讨厌的是拖延和欺骗。要么在一开始就明白拒绝请托，要么在事情进展过程中坦白地报告成功的机会，并且在事成之后不要求比自己应得的更多的酬报，这些如今已不仅是诚实的而且是体恤的做法了。

在求请职位的事情上，谁先提出关系不大。但如果你从某人那里得到了从别处得不到的信息，那么你也要考虑到他对你的信任，不可白白利用他的消息，让他去自寻另外的门路，而要多少对他所透露的信息有所回报。

不了解求请之事的重要性，是愚蠢；不了解求请之事的对错，是没有良心。

能在请托之事上守密，是成功的重要条件。因为宣扬请托之事进展顺利，可能会使其他的请托者灰心，但也会刺激另一些请托者，使他们加快行动的。

把握请托的时机是最关键的。所谓时机，不仅是针对那个要答应你的请托的人而言，也是针对那些可能阻挠你的请托的人而言。

在选择请托的对象的时候，要选择最合适的人，而不是地位最高的人；要选择处理具体事务的人，而不是统管全局的人。[2]

如果一个人初次求请时被拒绝，他既不沮丧也不愤懑，那么他再次求请时得到的补偿，有时会超过他第一次求请的东西。

如果你所求请的对象对你怀有好感，那么"所求的要超过你实际想得的"[3]是一条好的原则。反之，你还是逐渐加码比较好。因为对方一开始可能会拒绝，并承受失去求请者的支持的危险；但假如他已给过你恩惠，就会不太愿意既失去求请者的支持，又浪费了他先前的恩惠。

求请大人物的一封荐书，被认为是最容

2 即中国人所说的"县官不如现管"。

3 原文为拉丁文。

易的事了。但如果没有正当的理由，也有损于推荐者的名誉。

再也没有比那些包揽请托之事者更糟的中间人了，他们之于公事，就像是毒药和传染病。

At the Cafe, Rouen 1880
［法］古斯塔夫·卡耶博特 GustaveCaillebotte

50

论学问

学问可资娱乐，可作藻饰，可以用来增长才干。用来娱乐，主要在幽居独处之时；用作藻饰，主要在高谈阔论之中；用来增长才干，主要在判断和处理事务之际。练达之士也许善于执行，并对具体事务一一加以判断；但是全盘的安排，统筹的计划与执行，最好出于学问之士。

在学问上费时过多，乃是懒惰。[1] 过多地把学问用于藻饰，乃是做作。完全按照学问里的法则断事，则是书呆子气。学问可补天赋的不足，经验又可补学问的不足，因为天赋就像天然的植物，需要学问的修

1 培根的意思是，如果一个人在学问上费时过多，则必然在积极的社会活动上费时过少，实际上是逃避了对社会的责任。

剪。而学问所给的指示又过于笼统，需要经验的规范。

狡诈者鄙视学问，愚鲁者羡慕学问，而明智者使用学问。学问并不教人怎么用它，这是学问之外，并且超越了学问的一种智慧，只有通过观察才能得到。

不要为了辩驳而读书；不要为了盲从而读书；也不要为了谈资而读书，而是要为了能斟酌轻重、慎思明辨而读书。有些书可以浅尝辄止，有些书可以囫囵吞枣，只有少数书需要咀嚼消化。也就是说，有的书读一些章节就可以了；有的书可以读，但不必仔细地读；有少数书，不仅要完整地读，而且要孜孜不倦、全神贯注地读。还有少数书可以雇人代读，并代作摘要，但这只限于为了次要的事务，和比较平庸的书籍。否则，书经过提要，就像水经过蒸馏，会变得淡而无味。

阅读使人充实，会谈使人敏捷，笔记使人精确。因此，很少做笔记者，必须记忆力特强；很少与人会谈者，必须有敏锐的头脑；很少读书者，必须很狡猾，才能强不知以为知。

Lucy Hessel Reading 1913
[法]爱德华·维亚尔 Edouard Vuillard

读史使人明智；读诗使人灵慧；学数学使人缜密；学自然哲学[2]使人深沉；学伦理学使人庄重；学逻辑学和修辞学使人能言善辩。学问改变气质。[3]

心智上没有一种缺陷，是不能靠学问来补救的，就像身体上的疾病，都有相应的运动来疗治。比如草地滚木球戏有助于治疗膀胱结石和肾脏病；射箭有益于胸肺；缓步有益于胃；骑马有益于头脑；诸如此类。

如果一个人心思不专，可以让他研习数学；因为在做证明的时候，只要稍有分心，就得从头重做。如果他不善于辨别异同，可以让他研习经院哲学家们的著作，因为这都是些能剖析毫芒的人[4]。如果他不善于由此及彼，以一事来论证、说明另一事，那就让他研究律师的案卷。总之，心智上的每一种缺陷，都有特殊的疗治方法。

2 natural philosophy，旧时用以指自然科学，尤指物理学。

3 原文为拉丁文Abeunt studia in mores。

4 原文为拉丁文cymini sectores，意为“能把细小的莳萝籽一分为二的人”。

Le Pont de Moret, effet d'orage 1887
[法]阿尔弗莱德·西斯莱 Alfred Sisley

51

论派系

许多人抱有一种不智的见解，即君主治国或身居高位者治事之要，在于要考虑不同派系的愿望。相反，最重要的智慧一方面在于处理全局的事务，即便是不同派系的人也不得不同意的；另一方面，在于根据个别人的情况一一处理他们的要求。

但我并不是说，可以忽略对派系的考虑。地位低下的人，在上升过程中必须抱团；已然身居高位者，自身的力量已经很大，最好是中立不倚。但即便是初登仕途者，依附某一派也不可太紧密，要使自己成为这一派中最能为其他派系所接受的人，这样对仕途最有利。地位较低、力量较弱的派系，团结得更紧密。经常可以看到，难以对付的少数人，拖垮了态度温和的多数人。

一个派系被消灭后，剩下的那个派系会分裂。比如卢卡拉斯和元老院里的其他贵族结成的派系（他们称之为“贵族党”），和庞培与恺撒的派系相持了一段时间；但在元老院的气焰受挫之后，恺撒和庞培不久就分道扬镳了。类似地，安东尼和屋大维·恺撒组成的一派，与布鲁图斯和卡西乌[1]组成的一派相持了一段时间，但布鲁图斯和卡西乌被打倒后，安东尼和屋大维不久就分裂了。

这些是派系冲突导致的战争，但不公然爆发的派系斗争结果也是如此。因此，在派系分裂之后，那些原来居于次要地位的，往往成了首要人物。但许多时候他们成为无足轻重之人，而遭到抛弃。因为许多人只擅长于争斗。对手消失之后，他的争斗之技也就荒疏了。

常常可以看到，人在某派系中获得一定地位以后，会去勾搭原来对立的派系。他们的想法很可能是，从第一个派系那里能得到的好处已经拿稳了，现在该去捞新的好处了。派系中的叛徒能轻易得到好处，因为在两派势均力敌、相持已久的时候，

1 Cassius，即Gaius Cassius Longinus（？—前42）：罗马元老院元老和军队将领，刺杀恺撒的主要密谋者之一。他与布鲁图斯在菲利帕与安东尼和屋大维的联军交战，兵败自杀。

赢得一个人，就能决定胜负，而这人也就获得了所有感谢。

有的人在两派之间持中立态度，并不总是因为他们信奉中庸之道，他们只是忠于自己的利益，目的是从两边都得到好处。确实，在意大利，当教皇老是把“普天下之人的父”[2]挂在嘴上的时候，人们就开始疑心，觉得这是一种征象，即教皇处理一切事务，都要从自己家族的利益出发了。

为君主者务须小心，不能偏向某一派系，或使自己成为某一党某一派的一员。国家内部的朋党对君主的权势总是有害的，因为他们对其成员要求的义务，往往超过了对君主的义务，并且让君主成为“我辈之一”[3]。这种情况可见于法国的“联盟”。

过分激烈的派系冲突，是君主权势衰微的征象，这对君主的权威和朝政的损害是很大的。在君主之下的派系活动，应该（如天文学家所说）像在太阳和地球之间的行星的运动[4]一样，可以有自己的“私动”，但仍应当无声地随着更高的“首动者”的运动而运动。

2 原文为拉丁文Padre commune。

3 原文为拉丁文tanquam unus ex nobis。参见《圣经·旧约·创世记》第3章第22节：“那人已经与我们相似。”

4 inferior orb：为天文学术语，指在太阳和地球之间运行的行星。

52

论礼节和恭敬

实诚的人，需要有过人的长处，就像不需要衬托，就可以镶嵌起来的宝石，必定特别贵重一样。但如果多加留心，就会注意到，人在得到赞美称扬方面，和在赚钱得利方面的情形是一样的。“小钱可使人大富”，这句俗话说得没错。因为小钱可以经常赚到，大利却难得一见。所以，小的优点可以得到大的称誉，这是没错的，因为小的优点不断得到显示，并为人所注意；而大的长处，却难得有机会表现出来。

所以，行为举止彬彬有礼，正如伊莎贝拉女王[1]所言，“就像是不断收到的推荐

1 Queen Isabella（1451 — 1504）：卡斯蒂利亚王国女王，又嫁阿拉贡王国国王费迪南多为王后，使两国合并，为统一西班牙奠定了基础。

信”，对一个人的名声是大有好处的。

要学会好的礼仪，只要不轻视它差不多就够了。条件是一个人要善于观察别人的优雅举止，自己也加以实行就可以了。如果过分努力地去表现得有礼貌，反而有失风度，因为礼貌应当是自然而不做作的。有些人的行为就像是一行诗，每个音节都是被数过的。[2] 一个过分分心于小节的人，又怎么能处理大事呢？

完全不讲礼节，等于教别人也不再对你讲礼节，这就减少了别人对自己的尊重。接待陌生人和讲究礼仪之人的时候，尤其不可轻忽礼节。但对礼仪过分讲究，把它提升到比月亮还高的地位，不但惹人厌烦，而且会减少他人对说话者的信任。当然，在恭维话里面，也有特别有效、能给人深刻印象的话语，如果有人能找到说这种话的诀窍的话，也是特别有用的。

自然

重

2 西方古典诗歌格律对每行诗的音节数有要求，就像中国古典诗歌对每行诗的字数有要求一样。

不做作

优雅举止

人在同等地位的人当中，人家必然会随便待之，所以还是矜持一点为好。人在下属当中，肯定是会受到敬重的，所以态度还是亲近一点为好。在某一方面做得太过分，使他人厌烦，这是降低自己的身份。迁就别人是好的，但必须表明这是出于对他人的尊重，而不是自己的柔弱。

附和别人的提议，同时加上一点自己的意见，总的来说是个好的原则：你同意他的见解，可是稍有一点差别；你附议他的动议，可是要加一些条件；你赞成他的建议，可是进而提出更多的理由。

人要当心，不能太精于奉承，不然的话，不管他们在其他方面多么有能力，妒忌他们的人都会抹杀他们的其他长处，称他们为马屁精。太讲究礼仪，或者是过分注意时间和场合，也对事务有损。所罗门曾言："看风的必不撒种，望云的必不收割。"[3]智者会在他找到的机会之外创造更多的机会。人的举止应当像他们的衣服，不可太紧或太合身，要留下活动或运动的余地。

3 见《圣经·旧约·传道书》第11章第4节。

53

论称誉

称誉是长处的反映，但它随镜子或反映的东西而变化。如果称誉来自凡夫俗子，那么它一般是虚假和无价值的，被赞者也是虚浮之徒，而非真有长处的人。因为许多突出的长处，是流俗之人所不懂的。最低级的长处会得到他们的称赞；中等的长处会让他们讶异惊叹；但对于最高级的长处，他们全无理解或发现的能力。但表面文章，和“貌似长处的假象”[1]，对他们是最有效的。

1 原文为拉丁文species virtutibus similes，出于塔西佗《编年史》第15卷第48章，是塔西佗评论皮索的话。

的确，名声就像是一条河，上面浮着轻飘和肿胀的东西，沉重坚实的东西都沉

下去了。但有身份、有智慧者同声称赞之人，则如《圣经》所说，“名誉强如美好的膏油”[2]了。因为香膏的香气比花的香气更为持久，充满四方，不会轻易消散。

称誉有许多不实之处，人们有理由觉得它不可信。有的称誉纯属吹捧。如果这是个一般的吹捧者，他就会有一些普通的高帽子，给谁都可以戴上去的。如果这是个狡猾的吹捧者，他就会仿效那最大的吹捧者，也就是那人自己了。那人觉得自己最大的优点是什么，吹捧者就在那一点上吹捧他。如果这是个厚颜无耻的吹捧者，那么那人觉得哪里是自己最有缺陷、最自惭形秽的地方，吹捧者就偏要说他在那里有长处，“否定他的自知之明”[3]。

有的称誉出自美好愿望和恭敬之心，是对君主和大人物的应有礼节，即“以颂扬为教导”[4]。也就是说，告诉他人他们是怎样怎样的，其实是在陈说他们应该怎样怎样。

吹捧者有时恶意地吹捧某些人，为的是招来别人对他们的嫉恨，伤害他们。“最坏的仇敌就是谄媚你的人。”[5]所以希腊人

2 见《圣经·旧约·传道书》第7章第1节。

3 原文为拉丁文spreta conscientia。

4 原文为拉丁文laudando praecipere。出于普林尼《书信集》第3卷第18封。

5 原文为拉丁文。见塔西佗《阿格里柯拉传》第41章。

有一句谚语，“被人恶意吹捧的，鼻子上会生疮”[6]，就像我们平常说的，“撒谎的人，舌头上会出水泡”。

无疑，在合适的场合，对人进行不过火、不庸俗的赞扬，是有好处的。所罗门说：“清晨起来，大声给朋友祝福的，就算是咒诅他。”[7]过分称扬某人或某事，反而会引起反驳，招人嫉妒或被人蔑视。自夸自赞，总是不得体的，除了在为数极少的几种情形下。但人可以自豪地、很有风度地称赞自己的职务或职业。

罗马的红衣主教们都是些修士、神学家和经院哲学家，他们对世俗事务有一种很特别的轻蔑称呼。他们把战争、外交、司法及其他世俗事务，称作“副司法长官之事”，就好像这些都是副司法长官和小司法官处理的事务一样。但很多时候，这些“副司法长官之事”带来的好处，要比他们的玄妙思索多得多。圣保罗在自夸的时候，常常插一句，“我说句愚妄话”[8]，但是在提到自己的天职的时候，他却说：“我敬重我的职分。”[9]

6　原文为拉丁文。可能出于忒奥克里托斯（Theocritus）《田园诗》第9章第30行，或第12章第23—24行。但诗中所说的是虚假的赞词会让人鼻子上生疮。

7　见《圣经·旧约·箴言》第27章第14节。

8　见《圣经·新约·哥林多后书》第11章第21节。

9　见《圣经·新约·罗马书》第11章第13节。

54

论虚荣

伊索的这个寓言写得真妙。他写道:“苍蝇停在战车的轮轴上，说:‘我扬起了多大的尘土啊!’”[1]有些事是自然而然地成功的，也有些事是在更大的力量推动下成功的，但有些蠢人，只要他们跟这些事沾一点边，就会认为这些事是靠他们做成的。

那些好吹嘘者，也都是好争吵的人，因为他们都靠贬低他人来抬高自己。要证明自己夸下的海口是真实的，他们就必须打击别人。他们还守不了密，因此不可能称职。他们就像法国人说的:“动静很大，成果很小。”[2]但是，在政治事务上，这种

1 此寓言实非伊索所作，但在文艺复兴时期，常被收在伊索寓言集里。它其实是Laurentius Abstemius（约1440－1508，意大利作家和语言学家）的作品。

2 原文为法国谚语Beaucoup de bruit , peu de fruit。

品性也是有一点用处的。如果要造成某人的德行或才能的名声，这些人可以做很好的吹鼓手。

在论及安条克与埃特里亚人结盟[3]之事时，李维写道："有时，两面撒谎是很有效的。"比如一个人和两位君主谈判，拉他们加入一场对第三方的战争，那么他就向双方都夸大另一方的兵力。又比如，一个人在双方之间斡旋，他对两造都夸大自己对对方的影响，从而加重了他的分量。所以，在上述和类似的事件中，常常可以无中生有，因为谎言就能带来名声，而名声就能带来实际的结果。

在军队将帅和士兵中，虚荣是一种关键的品质。正如铁可以把铁磨锋利[4]，因为夸口，一个人的勇气也就把另一个人的勇气也磨锋利了。在需要花钱和担风险的大事业上，有喜欢虚夸的人加入，会给事业带来活力；那些脚踏实地、性格稳重的人，起的更多的是压舱石的作用而不是风帆。

在学问的名声方面，如果没有一些夸耀的羽毛，那么这种名声的飞腾是很慢的。"那些写书贬斥虚荣的人，也把名字写在扉

3 Antiochus（前233 — 前187年在位）：叙利亚国王。the Aetolians：古希腊的一个地区，在科林斯湾以北。埃特里亚人欲起兵与罗马人作战，其使者陶阿斯向安条克夸说希腊人军力的强大，回来又向希腊人夸说安条克军力的强大。两者结盟，叙利亚军最终惨败于罗马军队。

4 见《圣经·旧约·箴言》第27章第17节："铁磨铁，磨出刃来。"

页上。”[5] 苏格拉底、亚里士多德[6]、和盖伦[7]都是喜欢出风头的人。无疑，虚荣有助于一个人垂名后世。

人的长处只能间接地得到应有的承认。它之受惠于人性，没有比这种时候更多的了。[8] 西塞罗、塞内加、普林尼·塞孔都斯[9] 的声名如果没有和他们身上的虚荣心联系在一起的话，是不可能维持这么久的；虚荣心就像是给护墙板上的漆，不仅能使之闪闪发亮，而且能使之历久如新。

我在谈虚荣的时候，指的并不是塔西佗所说的穆西亚努斯[10] 所有的那种品质："他善于自夸，有某种诀窍，能把自己的所有言行都说得很漂亮。"[11] 因为这品质不是来源于虚荣，而是来自天生的高尚与敏锐；在有些人身上，它不但是合宜的，而且是优雅的。因为修养良好的致歉、退让和谦虚，都只是自夸的技巧而已。

在所有这些技巧之中，没有比普林尼·塞孔都斯说到过的更高明的了，那就是在你自己也有所长的方面，慷慨地赞扬称誉他人。普林尼很风趣地说："在称赞别人的时候，你也给了自己公正的评价。因为

5 原文为拉丁文。语出西塞罗《图斯库兰论辩集》第1卷第15章第34节。据说此书是西塞罗在他位于图斯库兰的别墅居住时所作，故名。此书共分五卷，每一卷讨论一个主题。

6 Aristotle（前384 — 前322）：古希腊哲学家、科学家和教育家。其著作涉及哲学、伦理学、政治学、修辞学、自然科学等多个领域。

7 Galen（129 — 199）：古罗马最著名的医生、动物解剖学家和哲学家，被认为是仅次于希波克拉底的第二个医学权威。

8 这句是培根《随笔集》里的难句。英国学者对这句话的意思究竟是什么也有争论。我的理解是，人的长处很少能为他人所客观地认识，更多时候是因为人出于天生的好名之心而作的种种宣传，才使之为他人所认可。

9 此处指下文所引的小普林尼Gaius Plinius Caecilius Secundus（约61 — 113）：古罗马作家，为古罗马博物学家老普林尼Gaius Plinius Secundus（约23 — 79，著有《自然史》）之甥。因为老普林尼所收养，故继承了老普林尼的名字。

10 Mucianus（生活在1世纪）：古罗马作家，政治家和军事将领。

11 原文为拉丁文。见于塔西佗《历史》第2卷第80章。

你所称赞的那个人，在你所称赞的方面，要么不如你，要么超过了你。如果他不如你，那么既然他也值得称赞，你就更值得称赞了；如果他超过了你，那么既然他也不值得称赞，你就更不值得称赞了。”[12]

好自夸之人是明哲之士所轻视的，愚蠢之人所赞叹的，寄生者所膜拜的，也是他们自己的大话的奴隶。

12 见小普林尼《书信集》第6卷第17封。

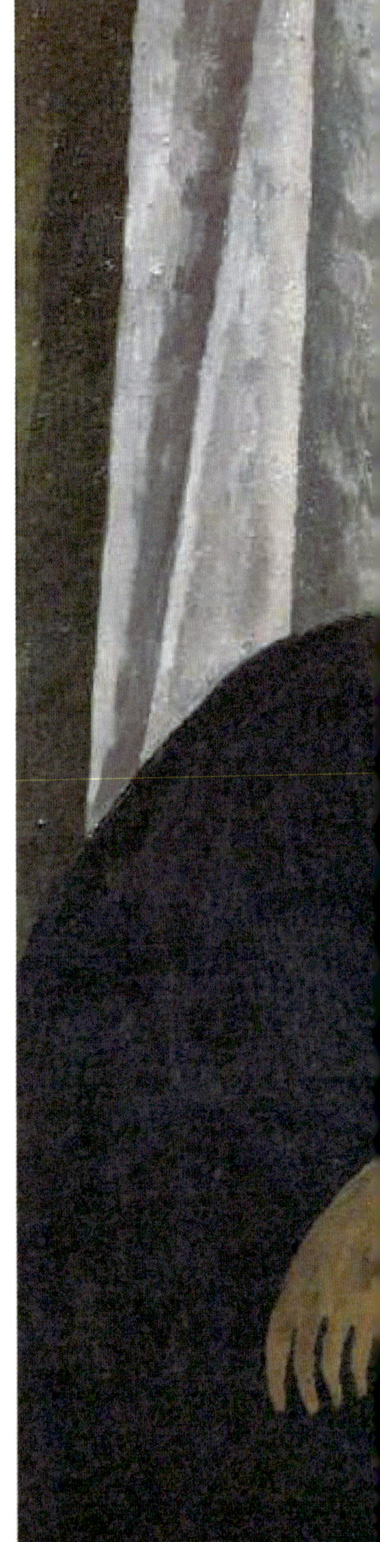

Conversation 1916
[英]凡妮莎·贝尔 Vanessa Bell

55

论荣誉和名声

获得荣誉，只不过是一个人的长处和价值，得到公正的认可。有些人在言行中追逐名誉，假装是有头有脸的人。一般来说这种人被人口头议论的多，内心真正仰慕的少。

相反，有些人在表现其长处时总是有所韬晦，所以在舆论中往往被低估。

如果一个人做成了以前没有人尝试过的事，或者是做成了别人尝试过但是放弃了的事，或者是做成了别人也做过，但做得没有那么圆满的事，那么他要比做成一件很困难并且需要很大能力，但只是步前

Canal in Venice with View of the Back of the Palazzo Rocca 1926

[捷] 安东涅塔 · 布兰德斯 Antonietta Brandeis

人后尘的事获得更多的荣誉。

如果一个人做事不温不火，在某件事上让所有派系和集团都感到满意，那么对他的称赞声就会更洪亮了。

有的事办坏了带来的耻辱，会远超办成了带来的荣誉。谁去承担这样的事，就是不懂得经营自己的名誉。

因胜过别人而得到的荣誉，能最快地反射出光芒，就像是切割成多面体的钻石。因此，人应当在名誉上尽力胜过自己的竞争对手，最好是能用他的弓，射得比他还远。

谨慎的随从和仆役，对一个人的名声也大有裨益。“所有名声都来自仆役。”[1]

嫉妒是荣誉的溃疡。消除嫉妒的最好办法，就是表明自己所追求的目的是事功而非名誉；并把自己的成就归功于上帝和幸运，而非自己的精明和长处。

君主的真正荣誉，可以分为以下数等。第一等的是“开国之君”[2]，是君主国和共和国的开创者，比如罗米拉斯、居鲁士[3]、恺撒[4]、奥斯曼[5]和伊斯迈尔[6]。

第二等的是“立法之君”[7]。他们也被称为“第二开国之君”，或是“万世之君”[8]，因为他们在死后，仍用法令统治着国家，比如莱克格斯[9]、梭伦[10]、查士丁尼[11]、埃德加[12]和制定《七章法典》的卡斯蒂利亚王“英明的”阿方索[13]。

第三等的是“解难之君”[14]或“救国之君”[15]，他们结束了长期内战的苦难，或是把国家从异族或暴君的奴役之下解救出来，比如奥古斯都·恺撒[16]、韦斯巴芗、奥雷连[17]、狄奥多里克[18]、英王亨利

1 原文为拉丁文。语出昆图斯·图里亚斯·西塞罗（Quintus Tullius Cicero，前102—前43罗马政治家与军事将领，著名演说家与政治家马可斯·图里亚斯·西塞罗之弟。）作于前65—64年间的《论竞选执政官》（*De petitione consultatus*，亦名《竞选小手册》*Commentariolum Petitionnis*）的第5章第17节。据说这是他为哥哥马可斯·图里亚斯·西塞罗（Marcus Tullius Cicero）在前64年竞选执政官所写的一篇文章。

2 原文为拉丁文conditores imperiorum。

3 Cyrus（前549—前530年间在位），波斯阿契美尼德王朝的开创者。

4 恺撒奠定了罗马帝国的基础。

5 Othman（1259—1326），奥斯曼帝国的缔造者。

6 Ismael（1501—1524年间在位），即伊斯迈尔一世，波斯萨非王朝的创建者。

7 原文为拉丁文legislatores。

8 原文为拉丁文perpetui principes。

9 Lycurgus（前800—前730）：半传说性质的斯巴达立法者，在他的领导下，斯巴达成为以军事为中心的社会。

10 雅典的立法者。

11 Justinian（527—565年间在位），东罗马皇帝，主持编纂了《查士丁尼法典》。

12 Edgar（959—975年间在位），英格兰国王，编集了英格兰法律。

13 Alphonsus（1252—1284年间在位），即阿方索十世，西班牙卡斯蒂利亚及莱昂王国国王。在他主持下编成了《卡斯蒂利亚法典》，又称《七章法典》。

14 原文为拉丁文liberatores。

15 原文为拉丁文salvatores。

16 奥古斯都击败安东尼之后，罗马帝国享有了长期的和平。

17 Aurelianus（270—275年间在位），罗马帝国皇帝。他恢复了罗马帝国的统一。

18 Theodoricus（455—526）：于493年击败统治意大利的蛮族将领，建立东哥特王国。

七世[19]和法王亨利四世[20]。

第四等的是“开疆拓土之君”[21]或“卫国之君”[22]，他们在光荣的战争中扩大了领土，或者是英勇地抵御了入侵者。

最后一等的是“国父”[23]，他们执法公正，统治时期人民安居乐业。最后这两种君主不需要举例，他们为数众多。

臣民的荣誉也分以下几等。第一等的是“分忧之臣”[24]，他们被称作君主的“左膀右臂”，为君主承担了大部分的事务。

第二等的是“领军之将”[25]，他们是君主的辅佐，在战争中为君主立下汗马功劳。

第三等的是“亲幸之臣”[26]，他们不逾矩越分，安慰了君主，又不为害于民。

第四等的是“称职之臣”[27]，他们在君主之下身居高位，能够干练地处理政务。

还有一种荣誉，可以列为最高等的，但是很罕见，那就是为了国家的利益而牺牲自己，甘愿赴死或冒大危险的，如雷古卢斯[28]和德西乌斯父子[29]。

19 亨利七世平定了数次叛乱。

20 Henry IV（1553 — 1610），结束了新教徒与天主教徒之间的长期战争，于1598年公布南特敕令，保证新教徒信仰自由。

21 原文为拉丁文propagatores。

22 原文为拉丁文propugnatores imperii。

23 原文为拉丁文patres patriae，这是许多罗马皇帝都曾获得过的荣誉称号。

24 原文为拉丁文participes curarum。参见第27篇《论友谊》。

25 原文为拉丁文duces belli。

26 原文为拉丁文gratiosi。

27 原文为拉丁文negotiis pares。

28 M.Regulus（？ —前250），即Marcus Atilius Regulus，古罗马将军，第一次布匿战争中被迦太基人俘虏，后被假释遣返罗马议和，趁机劝告元老院拒绝接受敌方条件。后守约回到迦太基，被杀。

29 the two Decii：即Publius Decius，父子同名，都曾任罗马执政官。父亲在前340年，儿子在前295年为罗马战死。

56

论司法

法官们应当记住，他们的职责是解释法律，而不是制定法律或提出法律。[1]不然的话，他们就会拥有像罗马教会所声称拥有的那种权威。后者以解释《圣经》为托词，恣意对其进行添加、篡改，把在《圣经》里面找不到的东西宣布为律条，托名为古，实行新法。

法官宁可使其博闻强记，不可使其心思活络；宁可使其沉着庄重，不可使其哗众取宠；宁可使其深思熟虑，不可使其刚愎自用。最重要的是，正直是他们的命运和本分。（律法上说）“挪移邻舍地界的，

1 原文为拉丁文。

必受咒诅。”[2]把界石竖错地方的人该受责备。但误判田地和房产官司的不公法官，才是最大的挪移界石者。

一个错误的判例，要比多次犯罪造成更多的损害。因为犯罪只是弄脏溪水，而误判则是弄脏了水源。[3]因此所罗门说：“义人在恶人面前退缩，好像趟浑之泉，弄浊之井。”[4]

法官的职责，与打官司的双方，与辩护律师，与法官下属的书记员和执达吏，还有他们头上的君主与国家，都有关系。

其一，关于打官司的两造或双方。《圣经》上说：“你们这使公平变为茵陈。”[5]其实还有把公平变为酸醋的。因为不公使诉讼变苦，拖延则使诉讼变酸。

法官的主要职责，是惩处暴力和欺诈。暴力如果是公开的话则更为恶劣，欺诈如果是隐藏和经过伪装的话则更为阴险。此外双方有争议的官司，会让法庭饮食过度，应该被吐掉的。

法官应该为通向公正的判决，铺平道路，就像上帝为了修平他的道路，要填满山洼，削平山岗一样[6]：因此，不管哪一方

2 见《圣经·旧约·申命记》第27章第17节。

3 已判决的官司在英国的法律制度中会成为判例，影响到以后类似官司的判决，故培根言误判会造成长久的损害。

4 见《圣经·旧约·箴言》第25章第26节。

5 见《圣经·旧约·阿摩司书》第5章第7节。茵陈，菊科植物，味苦。亦有译为“苦艾”的。

6 见《圣经·旧约·以赛亚书》第40章第3—4节：“有人声喊着说，在旷野预备耶和华的路，在沙漠地修平我们神的道。一切山洼都要填满，大小山冈都要削平。”

7 原文为拉丁文Qui fortiter emungit, elicit sanguinem。参见《圣经·旧约·箴言》第30章第33节：“扭鼻子必出血。”译为“擤鼻子”，似更符合原义。

8 见《圣经·旧约·诗篇》第11章第6节：“他要向恶人密布网罗。”

9 原文为拉丁文。出自古罗马诗人奥维德《哀歌》第1卷第1章第37行。

有专横跋扈、栽赃陷害、奸谋取利、合谋串供、借助权势、大牌律师的情形出现，法官这时若能使这不公平之处化为公平，方能显出他作为法官的长处。这样，他就能把审判，根植在公平之地上了。

“擤鼻子太用力，必出血。”[7]把葡萄压榨机压得太用力，酿出的葡萄酒味道会变涩，带上葡萄核的味道。法官必须当心，不能对法律作出过度的解释，或作出牵强附会的推断，因为没有比对法律的曲解更坏的曲解了。

在刑法案件中，法官必须尤其当心的是，不要让本意在于警诫的条文变为过于严厉的惩处，不能把《圣经》里所说的“密布网罗”[8]撒到民众的头上。因为过度执行的刑法，对民众确实是“密布的网罗”。

因此，如果是已经很久没有引用，或者是已经过时的刑法条款，明智的法官应限制它的施行：“法官的职责是既要考虑行为，也要考虑当时的情势，等等。”[9]

在事关生死的案件上，法官在宣判时（在法律许可的范围内）不要忘记宽大，要以严厉的眼光看待罪行，但要以怜悯的眼光看待罪人。

其二，关于辩护律师和法律顾问。耐心而

严肃地听取陈述是司法必不可少的一部分。说话太多的法官，不是和谐的钹。[10] 抢先去查明稍后可以从出庭律师那里听到的事实，为了表现出自己敏捷的理解能力而打断证言或律师的陈述，或者是提前用问题（即便是相关的问题）问出一些情况，这些都不是法官的优点。

法官在审理过程中有四项职责：引出证据；节制冗长、重复或不相关的陈述；总结、挑选和核对已经陈述过的要点；作出判决或宣判。超出上述职责的都是越轨行为，要么是因为法官过分自负，太喜欢说话，要么是因为他健忘，没有听取陈述的耐心，或者是缺乏持久稳定的注意力。

看到一些律师的放肆言语，竟会让法官作出让步，这是很可怪的。法官应当效法上帝，他们坐的是上帝的位子，而上帝是“阻挡骄傲的人，赐恩给谦卑的人”[11]。

但更让人觉得奇怪的是，法官居然有人尽皆知的受他偏爱的律师。这必然会引起这些律师的律师费大增，并且让人怀疑他们走歪门邪道。

如果律师把案件处理得很得当，辩护

10 参见《圣经·旧约·诗篇》第150章第5节：“用大响的钹赞美他，用高声的钹赞美他。”

11 见《圣经·新约·雅各书》第4章第6节。

得也很得体，那么法官应该给律师一点称赞和表扬，尤其在律师代表的是败诉的一方的时候。因为这维护了律师在委托人心目中的声誉，也打破了委托人觉得自己的案子应该赢的幻觉。

律师如果有巧言诡辩、严重疏忽、准备资料不足、有失检点地胡搅蛮缠、过分放肆地辩护的情形出现，法官也应当对律师当众进行慎重的训诫。

不要让律师在律师席上和法官斗嘴，也不要让他在法官已经宣判之后，用迂回的手段使案件得以重新审理。但另一方面，法官也不可以折中的办法解决案件，或者是给一方以口实，说他的证词或律师的辩护没有被听取。

其三，关于书记员和执达吏。法院是个神圣的地方。所以，不仅法官的座席，就连法官座席所在的平台和法院的整个范围，也都应当受到保护，不受丑闻和腐败的侵染。的确，如《圣经》所说："荆棘上岂能摘葡萄呢？"[12]在一味掠夺侵占的书记员和执达吏中，司法也是不可能结出甜美果实的。

法院的管理，会受到四种恶势力的影响。第一种是煽动别人打官司的人。他们让法院为案件所充塞，而国家则日渐憔悴。

12 见《圣经·新约·马太福音》第7章第16节。

第二种是让法院陷入管辖权之争的人。他们不是真正的“法院的朋友”[13]，而是“法院的寄生虫”[14]。他们使法院膨胀得超越了它们的范围，为的只是他们自己的蝇头小利。

第三种人可被视为法院的左手的人。[15]他们诡计多端，让法庭偏离正道，把司法引入邪道和迷宫。

第四种人强征硬索过多的费用。这使得人们有理由把法院比作有刺的灌木丛；羊逃到里面躲避风雨，免不了会失去一些羊毛。

但另一方面，一个年老的书记员，因为精通案例，办事谨慎，熟悉法庭的事务，是法庭很好的路标，常常能给法官指明一条道路。

其四，关于君主和国家。首先，法官应当牢记《罗马十二铜表法》[16]的结论：“人民的幸福是最高的法律。”[17]他们应当知道，法律如果不以此为目的，只会把我们引入歧途，就像是没有得到神灵启示的神谕。

因此，在一个国家里，如果国王与政府常来和法官协商，或者是法官常去和国

13 原文为拉丁文amici curiae。

14 原文为拉丁文parasiti curiae。

15 以前左撇子被认为不吉利，故这里以“左手”比喻那些在法院做不正当的勾当的人。

16 古罗马共和国时代的法典，约颁布于前451年，据说铭刻在十二块铜表上。

17 原文为拉丁文。此语并非出于《十二铜表法》，而是出于西塞罗《法律论》第3卷第3章第8节。

王与政府协商，那是件好事。前者，是因为法律上的事牵涉到了国家事务；后者，是因为国家事务牵涉到了法律上的事。因为许多时候，引起诉讼的不过是有关“我的还是你的”[18]之类的事情，但这类审判的原则和结果却可能影响到国事。我所说的国事，不单单指的是有关君主特权的事，而是指任何能引起重大变革，或创造危险先例的事，或者是明显影响到大部分人民的事。

任何人都不能糊涂地相信，公正的法律会和明智的政策背道而驰，因为它们就像是活力[19]和筋肉，是协调一致地行动的。

法官们还应该记得，所罗门的宝座是两边都由狮子支持着的。[20]法官们要做狮子，但必须是宝座下的狮子。他们要小心谨慎，对君权不能有丝毫阻碍或对抗。

法官也不可以对自己的权利茫然无知，以至于认为明智地运用和实施法律，已不是他们职位的主要任务。他们也许会想起，关于比他们的法律更伟大的一种法律，使徒曾说：“我们知道律法原是好的，只要人用得合宜。”[21]

18 原文为拉丁文meum and tuum。指普通民事诉讼多与财产所有权有关。

19 “活力”，原文为spirits，Brian Vickers解释为animal spirits in the blood，即“血液中的活力”的意思。

20 见《圣经·旧约·列王纪上》第10章第19－20节：“宝座有六层台阶，座的后背是圆的，两旁有扶手，靠近扶手有两个狮子站立。六层台阶上有十二个狮子站立，每层有两个，左边一个，右边一个。”

21 原文为拉丁文。见《圣经·新约·提摩太前书》第1章第8节。

Villas at Villers sur Mer 1880
[奥] 古斯塔夫 · 克里姆特 Gustav Klimt

57

论怒气

完全消灭怒气，不过是斯多葛一派的夸大其词。[1]有更好的神谕："生气却不要犯罪，不可含怒到日落。"[2]怒气必须在范围和时间上都受到限制。我们首先来谈一谈怎样缓和易怒的天性和气质。其次，谈一谈怎样抑制发怒特有的行为，或至少是忍住会造成恶果的行为。第三，谈一谈怎样使别人发怒或息怒。

关于第一点。除了反复思考发怒造成的后果，给人的生活带来的麻烦，别无他法。这样做的最佳时间，是在怒气全消之后，回顾一下当时的情形。塞内加说得好："怒气就像倾倒的房屋，在自身的砖石之上砸得粉碎。"[3]《圣经》劝诫我们：

“你们常存忍耐，就必保全灵魂。”[4]不论是谁，如果失去了耐心，那就是丢失了灵魂。人决不能变成蜜蜂，“把它们的生命，留在所蜇的伤口之上”[5]。

易怒确实是一种低劣的品质。它突出地表现在那些为它所主宰的臣民身上：孩童，女人，老人，病人。只是人必须确保，伴随怒气的是轻蔑而不是恐惧，这样他们就感到好像处于所受的伤害之上，而不是之下了。在这种事上，如果人给自己定下这样的一条法则，那么这一点很容易做到。

关于第二点。发怒的原因和缘由主要有三个。第一个，对伤害太敏感。不感觉自己受了伤害的人，是不会发怒的。因此，脆弱娇嫩的人必然经常发怒，有这么多的东西会让他们烦恼，而粗壮强健的人对这些毫无感觉。

第二个，在当时的情形下，对所受的伤害的判断与解读，是充满了侮蔑。侮蔑的影响是跟伤害相当，甚至大大超出了伤害本身的，它会使人的怒气更为炽盛。因此，一个人如果敏于发现侮蔑的表示，就会常常动怒。

1 斯多葛派的塞内加《论发怒》一书，主张完全消灭怒气。

2 见《圣经·新约·以弗所书》第4章第26节。

3 见塞内加《论发怒》第1章第1节。

4 见《圣经·新约·路加福音》第21章第19节。

5 蜜蜂愤怒地蜇人之后，把刺留在伤口之中，自己也会死去。

第三个，认为自己的名誉受损，这也是能让人的怒气大为炽盛的。在这种情况下，补救的方法是，如贡萨尔沃[6]常说的那样，一个人应该让自己的“荣誉之网更结实”。

但在所有的制怒之法中，最好的还是赢得时间。让一个人相信，他的报复机会还未到来，但是有一个可以预见到的时机。现在他必须平静下来，暂时克制住自己。

在怒气勃发的时候，怎样控制住自己，不至于闯祸，有两件事必须特别注意。第一件，是不要恶语伤人，尤其是针对个人的话；“咒骂世人”[7]则不要紧。还有，是在发怒的时候不要泄露别人的隐私，这样做的话就没人敢跟他交往了。第二件，是不能在发怒时鲁莽地断绝任何交涉。不管你怎样表示愤懑，都不可以做出无法挽回的事来。

要使得别人发怒或息怒，最主要的是要选择时机。要惹他们发火，就要选他们内心最抵触，心情最不好的时候。还有，就是（如前所说）尽你所能搜集所有能加强他受侮蔑感的一切。

6 Consalvo，即Gonzalo Fernandez Cordoba（1453—1515）：西班牙将领。据说他曾说过：“绅士的名誉，应该用更厚实的布料制成。”

7 原文为拉丁文communia maledicta。

Woman in a Red Hat 1915
[英]凡妮莎·贝尔 Vanessa Bell

两种让人息怒的办法则正相反。其一，初次跟人提起会让他着恼的事情，要找他心情好的时候，因为第一印象是很重要的。其二，尽量不要从侮蔑的角度，来解读对他的伤害，而要把它归因于误解、恐惧、一时冲动，或随便什么都行。

58

论世事的变易

所罗门说："日光之下，并无新事。"[1]柏拉图也有这样的一种猜想，即"一切的知识都只是回忆"[2]。所以所罗门有这样的判断："所有新鲜事都只是被遗忘的东西罢了。"[3]由此你可以看到，忘川[4]不仅在地下流，也在地上流。

有一位深奥的占星家[5]，他曾说："如果没有那两样恒定的东西（其一是恒星之间永远保持同样的距离，既不靠近，也不远离；[6]其二是天体绕地一周的运行时间永远是相同的[7]），没有一个个体能持续片刻。"毫无疑问，物质处于不断的运动之中，永不停歇。

有两张巨大的裹尸布，把一切都裹入遗忘之中：洪水和地震。至于大火和大旱，它们不能彻底灭绝人口，造成完全的破坏。法厄同的车，仅行驶了一天。[8]以利亚时代的三年大旱[9]，也只局限于一个地方，留下许多人存活。至于闪电引起的大火，这在西印度[10]经

Young Man with Red Scarf 1908
[比]莱昂·斯皮利亚尔 Leon Spilliaert

1 见《圣经·旧约·传道书》第1章第9节。

2 参见柏拉图《斐多篇》与《美诺篇》。

3 参见《圣经·旧约·传道书》第1章第10—11节："岂有一件事人能指着说这是新的？哪知，在我们以前的世代，早已有了。已过的世代，无人记念。将来的世代，后来的人也不记念。"

4 忘川，即Lethe，希腊神话中冥府的河流，喝过它的水就会忘记过去的一切。类似于中国传说中的孟婆汤。

5 可能指意大利哲学家特勒肖（Bernardino Telesio，1509—1588），培根在其他著作中也引用过他的观点。

6 按现代天文学的看法，恒星也在运动，但因为它们距离地球非常遥远，所以在短时期之内很难看出它们之间距离的变化。

7 这种说法还是基于地心说。其实这是地球自转的反映。

8 希腊神话中，太阳神之子法厄同偷了他父亲的太阳车，但不能驾驭，险些把世界烧毁。宙斯大怒，用闪电将其击毙。

9 参见《圣经·旧约·列王纪上》第17章第1节："基列寄居的提斯比人以利亚对亚哈说：'我指着所侍奉永生耶和华以色列的神起誓，这几年我若不祷告，必不降露，不下雨。'"还有第18章第1节："过了许久，到第三年，耶和华的话临到以利亚说：'你去，使亚哈得见你，我要降雨在地上。'"

10 文艺复兴时期所说的西印度（the West Indies），指的不仅是今天的西印度群岛，还包括美洲大陆。

常发生，但范围有限。

但还需要注意的是，在洪水和地震引起的另外两种大毁灭中，碰巧逃过一劫的人一般都是无知的山民，对过去的时代不可能有什么记述，所以一切还都是被遗忘，跟一个人也没留下一样。

仔细想一下，西印度的人民，很可能是比旧世界的人民更新、更年轻的民族。更有可能的是，那里以前发生过的大毁灭，不是由地震（就像埃及祭司曾告诉梭伦的那样，大西岛是在地震后被吞没的）[11]，而是由当地的一场淹没一切的大洪水造成的。

但另一方面，他们又有滔滔的大河，亚洲、非洲和欧洲的河流与之相比，就像是小溪。同样，他们的安第斯山等山脉，也比我们的山要高得多。看来，人类的孑遗就是因此而从当地的大洪水中得救的。

马基雅维利认为，宗教教派之间的妒忌，导致了对纪念物的破坏。他诽谤圣格列高利[12]，说他尽力毁灭了一切异教的古物。我倒觉得，这种狂热行为产生不了什么大的效果，或者不能持续很久。比如萨比尼安[13]在继位之后，就恢复了以前的古物。

11 此说见于柏拉图《蒂迈欧篇》。可参考第三十五篇注。

12 Gregory the Great，即圣·格列高利一世（540—604，590—604年间在位），意大利籍教皇。

13 Sabinian（604 — 606年间在位），意大利籍教皇，格列高利一世之后的继位者。他对前任的所作所为进行了严厉的批评。

天球的运动或变化，不是本文合适的内容。如果世界能够持续那么久的话，柏拉图的大年[14]，也许会起作用。但这作用不是让所有个人死而复生(这不过是某些人的幻想，他们认为天体对下界的事物具有比实际上更为精确的影响)，而是让整个世界周而复始。

毫无疑问，彗星在大体上对世事也是有作用力和影响力的，但人们更多地只是凝视、仰望它们的运行，却没有明智地观察它们的影响，尤其是具体的影响，也就是说，哪一种彗星，亮度、颜色如何，彗尾的指向，出现在天穹的某个区域的什么位置，持续了多长时间，产生了什么样的影响。

我还听说过一种无关紧要的说法，但我不想随便忽略它，而是稍做观察。据说在低地国家[15](我不知道是在哪一部分)，有这样一种说法，即每三十五年，同样的年景和天气，比如严霜、霖潦、大旱、暖冬、凉夏等，会再来一次，他们称之为“复始”[16]。这事我很想提一提，因为追溯以往，我发现有符合这种说法的现象。

关于自然且先谈到这里，下面来说一说人事吧。

14 柏拉图在《蒂迈欧篇》中所说的大年，指所有星球回到它们在创世时所在的位置所需的时间。有学者估算为10000年的，也有估算为36000年的。

15 即今荷兰、比利时、卢森堡三国所在的地区。

16 原文为the Prime，即一个周期的开始的意思。此说与中国六十年一甲子的说法类似。

Maisons à-Amsterdam
[荷] 凯斯 · 凡 · 东根 Kees van Dongen

人事中最大的变易，是宗教和教派的变易。因为它们就像星球的轨道一样，是决定了人的思想的。

真实的宗教，是“建筑在磐石上的”。[17]其余的都会在时间的波涛上沉浮。因此，下面我想谈谈新的教派产生的起因；并且在人类的薄弱见识能有限地影响到如此巨大的变动范围内，提一些有关的建议。

当人们原来信仰的宗教因为内部不和而四分五裂，当宗教的神圣宣扬者道德败坏，丑闻缠身，这些都发生在一个愚蠢、无知、野蛮的时代，而这时又出现一个言过其实、行为古怪的人，起而倡导，一个新的教派恐怕就要崛起了。

如果一个教派没有以下的两个特点的话，不用害怕它，它不会传播开来。其一是反对或试图取代现有的当权者，没有比这更受大众欢迎的了；其二是允许人们过放荡享乐的生活。

至于教义上的异端（比如古时候的阿里乌派[18]和当代的阿明尼乌派[19]），尽管它对人们的思想有很大的影响，但不会让国家发生大的变动，除非它得到了政治事件

17 指基督教。《圣经·新约·马太福音》第16章第18节：“我还告诉你：你是彼得，我要把我的教会建造在这磐石上。”“彼得”有“岩石”的意思，故云。

18 Arians：阿里乌（Arius，256？—336），古代利比亚基督教会长老与苦修者，曾在埃及布道。他强调圣父上帝的地位的独特性，主张圣子耶稣处于从属的地位。他的学说在325年尼西亚会议上被定为异端。

19 Arminians：阿明尼乌的追随者。阿明尼乌（Jacob Arminius，1560—1609），即Jakob Hermanszoon，新教改革时期的荷兰神学家，曾任莱顿大学教授。他反对加尔文派的“预定论”，即那些得救的人都是在亚当堕落之前就被预先选定的，而强调自由意志的作用。

的助力。

新教派有三种传播的方式：靠异兆和奇迹的力量；靠雄辩、智慧的言语和劝说；靠刀剑。

至于殉教的行为，我把它归入奇迹一类，因为这似乎超出了人性的力量。对于生活上令人惊叹的极端圣洁，我也是这么做的。

要阻止新教派的产生，除了以下几点，没有更好的方法了：革去弊政；调和小的分歧；要用怀柔政策，不要用流血的迫害；要安抚为首者，招安他们，给他们升官加爵，不要用严酷的暴力激怒他们。

战争中的变易和变化有很多，但主要在三样东西上面：在战场或战区上；在武器上；在战争的方式上。

在古代，战争似乎多数是由东向西打的，因为波斯人、亚述人、阿拉伯人、鞑靼人（这些都是侵略者）都是东方民族。

高卢人确实是西方民族，但我们从书上读到的他们的入侵只有两次，一次是入侵加拉提亚[20]，另一次是入侵罗马。

但东和西在天穹上没有星座明确标明[21]，同样，战争也不一定遵守由东向西或由西向

20 原文为Gallo-Graecia，即Galatia，小亚细亚中部古国，约前278年为高卢人所征服。

21 指东和西不像北极那样，有北极星标明。

东的方向。

但南和北却是固定的。[22]很远的南方民族来侵略北方民族，如果不是从来没有，也是很少见到的。实际情况是相反的。显然，世界的北部地区的民族，是天生比较好战的。这要么是因为北半球的星座的影响；要么是因为北半球有广袤的大陆，而南半球，就现在所知，几乎全是海洋；要么是因为北方地区的寒冷（这一点是最显而易见的），这种气候，使得人们即使没有训练的帮助，也体格坚强、勇气旺盛。

在一个大的国家或帝国分崩离析的时候，几乎肯定会有战争。因为庞大的帝国在强盛的时候，会把它所征服的当地人的军队削弱或消灭，使他们完全依赖帝国军队的保护。但当帝国败亡的时候，一切都没落了，他们自己也成了刀俎上的鱼肉。罗马帝国衰落的时候就是这样；日耳曼帝国，在查理曼大帝[23]死后，也是群雄并起，分裂割据。西班牙如果分裂，也可能发生同样的事。[24]

国家取得大片领土，或者是王国之间的合并，也会引起战争。当一个国家变得过分强大的时候，它就像是洪水，免不了要泛滥

22 因为有南、北两极。

23 原文为Charles the Great，即Charlemagne（724　814），法兰克国王和神圣罗马帝国皇帝，建立了庞大的帝国。在他死后，帝国为他的三个孙子所分裂。

24 当时西班牙也是一个大帝国，并拥有许多海外殖民地。

的。罗马、土耳其、西班牙等国家，都是这样。

当这世上蛮族极少，一般的都是找不到谋生手段，就不愿结婚或生儿育女的民族时（目前几乎世界各地都是这样，除了鞑靼地方），就没有人口泛滥的危险。

但如果有大量的人口，不预先准备好生计和生活资料，就大量繁殖的，那么在一两代之内，这个民族就必然要把它的一部分人口，释放到其他国家去。古代的北方民族，习惯于用抽签的方法来决定，哪些人该留在家乡，哪些人要外出闯荡。

当一个尚武的国家变得柔弱娇气之后，肯定会发生战争。因为一般来说，这样的国家到衰落时，已经变得很富有。于是，作为猎物它在招致战争，而它已衰颓的勇气也在鼓励别人对它发动战争。

至于武器，很难对它进行概括与分析，但是我们可以看到，它也是有回归有变化的。可以肯定的是，在印度的奥克斯拉斯城，人们就知道使用大炮，它就是被马其顿人称为雷电和魔法的东西。[25] 大炮在中国已使用了两千多年，这也是广为人知的。[26]

武器的性质和改进的要点如下：第一，

25 菲洛斯特拉托斯（Philostratus，即Lucius Flavius Philostratus，罗马帝国时代的希腊诡辩家。约生活在2－3世纪）在《提亚那的阿波罗尼乌斯传》一书中提及此事。马其顿人指亚历山大大帝的军队。但当时火药还没有发明，所以这说法的可靠性还有疑问。

26 培根此说不确。《宋史》记载南宋魏胜有火石炮，但这究竟是否是使用火药的大炮还有疑问。故中国使用大炮肯定没有两千多年。

要射程远；这可以让士兵远离危险，大炮和火枪就是这样。第二，打击的力量要大；在这方面，大炮同样超过了攻城槌等所有古代发明。第三，使用便利。要在各种气候下都能使用，搬运轻便，操作容易等。

至于战争的方式，起初，人们过于依赖人数。他们主要靠力量和勇气在战争中取胜。他们会约定时间，指定战场，在平等条件下决出胜负，不太懂怎么排兵布阵。到后来，他们开始懂得兵多不如兵精，并且学会利用地形，狡猾地声东击西，等等，并且学会了更好地组织战役。

国家在青年时代，武功昌盛；到了中年，学术兴盛，并且有一段时间文、武并重；到了衰落时期，兴旺的则是手工艺和商业了。

学术也有婴儿期，那时它还刚刚开始，几乎是孩子气的；随后是它的青年期，这时它胡乱生长，还不成熟；再后面就是它的壮年，这时它集中而扎实；最后是它的老年期，这时它就变得枯竭了。

但是世事变易的转轮，看得太久是不好的，会让人头晕。至于变迁的历史，也只不过是轮回的故事，因此也是不适合本文的。

59

论谣言（残篇）

诗人们把谣言描绘成一个怪物。他们对她的描述，有时候是优美雅致的，有时候是严肃而意味深长的。他们说，看哪，她有多少羽毛，羽毛下面又有多少眼睛；有那么多舌头；那么多种声音；她竖起了那么多耳朵。[1]

这些都是添枝加叶。接下来还有许多极好的譬喻，比如说她走得越远力量就越强大；说她的脚走在地上，可是头藏在云里；说她白天坐在一座瞭望塔里，主要在晚上飞行；她把已经发生过的事和没有发生过的事混在一起；她在大城市里造成恐慌。[2]

1 古罗马诗人维吉尔在史诗《埃涅阿斯纪》第4卷第173—190行对谣言有描述。其中的三行写道："她是个可怕的、长相奇异的怪物，尽管这难以置信，但她身上的每片羽毛下面，都有一只不眠的眼睛，每只眼睛还都配一根舌头，一个声音和一只竖起的耳朵。"

2 因大城市人口密集，所以谣言造成的恐慌也就更大。

Le Moulin de la Gallette
[荷] 文森特·威廉·凡·高 Vincent Willem van Gogh

但最妙的是，诗人们说，巨人们和朱庇特打仗，被他消灭之后，他们的母亲地母一怒之下，生了谣言。毫无疑问，巨人们象征的叛逆之徒，与引起叛乱的谣言和毁谤，确实是一男一女的兄妹。但驯服这个怪物，控制她，让她完全听命于你，把她放飞出去击杀其他猛禽，这样的事值得去做。

但是我们受了诗人的风格的影响。现在换严肃庄重的方式来说话吧。在政治学里面，谣言是讨论得最少，但也最值得讨论的话题了。因此我会谈到以下几点：

什么是假的谣言；
什么是真的谣言；
怎样才能最好地辨别它们；
怎样播种和培养谣言；
怎样散布谣言并让它增殖；
怎样控制谣言，并让它平息。
还有关于谣言性质的其他几点。

谣言的力量是那么大，因此在几乎所有重大的行动中，它都起了很大的作用，尤其是在战争中。

穆西阿努斯让维特里乌斯垮台的方法，就是散布一种谣言，说维特里乌斯打算把驻在叙利亚的军团调到日耳曼，而把驻在日耳曼的军团调到叙利亚，这使得叙利亚军团的兵士极为愤怒。[3]

恺撒狡猾地散布了一种流言，说他已不再受士兵的爱戴；他们已经厌战，并且满载着高卢的战利品，只要一到意大利境内，就会弃他而去。靠这个办法，他让庞培松懈了，没有积极备战，结果打了庞培一个措手不及。[4]

利维娅通过不断地放风，说她丈夫奥古斯都马上就要康复了，解决了让她儿子提比略继位的所有问题。

奥斯曼帝国的大臣们通常也会对禁卫军和其他军人隐藏苏丹的死讯，以免他们出于旧习，焚掠君士坦丁堡和其他城市。

塞密斯托克利斯放出谣言，说他打算切断波斯王薛西斯[5]所建的横跨赫勒斯滂海峡[6]的舟桥，使他急急忙忙地从希腊退兵了。

类似的例子可以找到上千个，但数量越多，就越没有重复的必要，因为到处都可以碰到。因此，对于谣言，所有明哲的统治者都应当注意和小心，就像对于政治行动和阴谋一样。

3 见塔西佗《历史》第2卷第80章。叙利亚军团不愿意调到日耳曼去，因为那里的环境较为严酷。

4 见恺撒《内战记》第1卷第6章。但根据此书，这谣言是庞培放出来的。

5 Xerxes（前519？—前465）：前485—前465年间在位的波斯国王，曾率大军入侵希腊，洗劫雅典，前480年在萨拉米斯大海战中惨败，晚年深居简出，后死于宫廷阴谋。

6 Hellespont：即今达达尼尔海峡，在亚洲小亚细亚半岛同欧洲巴尔干半岛之间。

The Bedroom 1889
[荷] 文森特 · 威廉 · 凡 · 高 Vincent Willem van Gogh

附录 1

弗朗西斯·培根年谱

（1561－1626）

1561

诞生

1月22日，弗朗西斯·培根出生在英国伦敦泰晤士河滨的约克府。其父为尼可拉斯·培根爵士，英国女王伊丽莎白一世的掌玺大臣；其母为安妮·库克（尼可拉斯·培根的续弦），她是英王爱德华六世的教师之女，精通希腊文、拉丁文。培根是八个兄弟姐妹中最小的，其中六个是尼可拉斯与第一位妻子所生。其时伊丽莎白女王已在位三年。

1573

12岁

4月，培根与胞兄安东尼一起进入剑桥三一学院。10月正式入学。

Montmartre windmills and allotments 1887

［荷］文森特·威廉·凡·高 Vincent Willem van Gogh

1575

14岁

3月，离开剑桥。

1576

15岁

6月，与安东尼一起进入格雷律师学院。9月，作为英国大使阿米亚斯·保莱特的随员前往法国。

1579

18岁

2月，父亲尼可拉斯去世。3月，培根从法国回到英国。再次进入格雷律师学院。

1581

20岁

首次被选入下议院，作为康沃尔郡保西尼地区的代表。之后培根一直在下议院，代表不同选区，直到1618年他被封为贵族，成为上议院的一员。

1582

21岁

被格雷律师学院接纳为外席律师（Utter Barrister），即尚未取得王室律师资格的青年律师。

1586

25岁

成为格雷律师学院的律师协会的主管委员（Bencher）。

1587

26岁

成为格雷律师学院的法学讲师（Reader）。枢密院开始在法律事务上咨询他。

1589

28岁

10月，获得星室法庭（Star Chamber）书记员的候补权。这候补权还是培根向伯里男爵威廉·塞西尔（1520—1598，培根姨父，伊丽莎白朝的权臣）和其子罗伯特·塞西尔（1563—1612）多次求请后才获得的。

The Langlois Bridge at Arles with Road Alongside the Canal 1888

［荷］文森特·威廉·凡·高 Vincent Willem van Gogh

1591	1593	1594	1595
30岁	32岁	33岁	34岁
结识埃塞克斯伯爵罗伯特·戴夫如，伊丽莎白女王的宠臣，为其效力。第一次作为辩护律师（pleader）出庭。	在下议院发言反对女王加税，失去女王欢心。被禁止面见女王。	总检察长（Attorney-General）的职位出缺，埃塞克斯伯爵未能给培根求得此职位。爱德华·科克爵士任此职。	副检察长（Solicitor-General）的职位出缺，埃塞克斯伯爵仍未能给培根求得此职位。埃塞克斯伯爵送他一处在特威克汉姆（Twickenham）的房产作为安慰。

1596

35岁

被任命为女王的特别顾问（Counsel Extraordinary）（荣誉衔头，非实职）。

1597

36岁

培根追求年轻富有的寡妇伊丽莎白·哈顿夫人不成。她嫁给了培根在法律界的竞争对手爱德华·科克爵士。《随笔集》的第一个版本出版，共10篇。这个版本在1597、1598、1606、1612年重印。

1598

37岁

培根因负债被捕，旋被释。培根姨父、伯里男爵威廉·塞西尔去世，其子罗伯特接掌国政。

1599

38岁

埃塞克斯伯爵领军征伐爱尔兰的叛乱，在未得伊丽莎白女王允许的情况下抛弃大军，返回英国。[illegible]月，培根被委派参与对埃塞克斯伯爵的公诉，起诉他导致征伐爱尔兰的大军溃败之罪。

Landscape with Church and Farms
[荷]文森特·威廉·凡·高 Vincent Willem van Gogh

1600

39岁

10月，培根成为格雷律师学院的双重讲师（Double Reader）。

1601

40岁

2月，心怀愤懑的埃塞克斯伯爵带领武装随从发动叛乱，攻打王宫。叛乱很快失败。培根再次被委派参与起诉埃塞克斯伯爵的叛国罪，埃塞克斯伯爵被判有罪并被处决。受女王之命，起草《关于前埃塞克斯伯爵及其同谋反对女王陛下及其王国的阴谋与叛乱的公告》。5月，培根的胞兄、曾任埃塞克斯伯爵秘书的安东尼逝世，终年42岁。

1603

42岁

3月24日，伊丽莎白一世驾崩。苏格兰国王詹姆士六世入继英格兰王位，为詹姆士一世。7月，培根与300人一起被晋封为爵士，主要因为其兄安东尼一直支持詹姆士继承英国王位。培根匿名发表文章《关于英格兰王国和苏格兰王国的美满合并之短论》，支持英格兰和苏格兰的合并。合并最终完成于1707年。

1604

43岁

6月，培根发表《因已故埃塞克斯伯爵一案受到的非难，弗朗西斯·培根爵士所作的自我辩护》一文。被任命为王家顾问。

1605

44岁

10月，出版重要哲学著作《学术的推进》（又译《广学论》，全名为《论神学和人文学科的学术的进步和推进——弗朗西斯·培根的两卷本著作》）。

1606

45岁

5月，与爱丽丝·巴恩汉姆结婚。结婚时爱丽丝年仅14岁，是一位富有的伦敦高级市政官之女。婚后没有子女。

1607

46岁

2月，培根在议会多次发言，支持苏格兰与英格兰合并，支持苏格兰人加入英国国籍。6月，被任命为副检察长。

Monte Ullia, San Sebastian 1909

[西]华金·索罗拉 Joaquín Sorolla

1608

47岁

替补为星室法庭书记员，一年可得1600镑收入。

1609

48岁

用拉丁文出版《论古人的智慧》（*De Sapientia Veterum*）。

1610

49岁

6月，在国会发言，为国王的特权辩护。8月，母亲安妮夫人去世。

1612

51岁

出版经修改、扩写的《随笔集》的第二个版本，共38篇。这个版本在1612、1613、1614、1624年重印。表弟萨利斯伯里伯爵罗伯特·塞西尔，伊丽莎白一世朝和詹姆士一世朝的权臣逝世。

1613

52岁

10月，培根被任命为总检察长。

1614

53岁

1月，发文批评当时好决斗的风气。

1616

55岁

5月，参与起诉詹姆士一世原来的宠臣萨默塞特伯爵罗伯特·卡尔与伯爵夫人所犯的毒害托马斯·欧弗伯里爵士一案。写信给詹姆士一世新的宠臣乔治·威里埃（后被封为白金汉公爵），向其提出建议。6月，被任命为枢密会议的一员。

1617

56岁

3月，培根被任命为掌玺大臣，获得了他父亲以前的官职。改革大法官法庭。

A Carriage at the Races 1872
[法]埃德加·德加 E.Degas

1618	1620	1621
57岁	59岁	60岁
1月，被任命为大法官，英国法律界的最高职位。7月，被封为维鲁伦男爵。	用拉丁文出版重要哲学著作《新工具》（*Novum Organum*），作为培根设想中规模更大的一部书《伟大的复兴》（*Instauratio Magna*）的一部分（此书未完成）。	1月，被封为圣·奥尔班子爵。3月，上议院判决培根犯了贪污罪。免去其大法官的职务，罚款4万镑，并拘禁于伦敦塔中。不久获释，罚款给了债主，官职仍被剥夺，但保留爵位。回到哈福德郡高汉伯里私宅。

1622

61岁

3月，出版《亨利七世本纪》。11月，用拉丁文出版他计划中的博物学巨著《自然与实验的哲学研究集》（*Historia Naturalis et Experimentalis adcondendam Philosophiam*）中的第一卷《对风的研究》（*Historia Ventorum*）。

1623

62岁

1月，出版他的博物学巨著的第二卷《生与死的历史》（*Historia Ventorum*）。10月，用拉丁文出版经大幅扩写的《论学术的推进》。向詹姆士一世请求获得伊顿公学校长的职位，未获允许。

1624

63岁

写作《新亚特兰蒂斯》。12月，出版《新旧格言集》和《圣经·旧约·诗篇》的一部分的英文译本。经济上极为困窘。

Entrance to the Port of Le Havre and the West Breakwaters 1903

[西]华金·索罗拉 Joaquín Sorolla

1625

4岁

月，詹姆士一世驾崩。查理一世继位。4月，培根出版《随笔集》经过再次扩写的第三版，共58篇。这个版本在1625、1629、1632年重印。12月，写下了最后的遗嘱。

1626

65岁

4月9日，培根在海格特逝世。据说是因为在做冷冻是否能延缓食物腐败的实验时着了凉，得了肺炎。终年65岁。负债超过2万镑。死后不到3个星期，其遗孀即改嫁给了他的一位仆从。

1627

培根的著作《十个世纪的自然史》（*Sylva Sylvarum*）与《新亚特兰蒂斯》在他死后出版。

附录 2
画家小传

拉斐尔

Raphael, 1483 — 1520

意大利著名画家，也是“文艺复兴后三杰”中最年轻的一位，代表了文艺复兴时期艺术家从事理想美的事业所能达到的巅峰。他的性情平和、文雅，创作了大量的圣母像，作品充分体现了安宁、协调、和谐、对称以及完美和恬静的秩序。

代表作:《西斯廷圣母》《雅典学派》等

克洛德·莫奈

Oscar-Claude Monet, 1840 — 1926

法国画家，印象派代表人物及创始人之一，“印象派”一词源自他的画作《印象派》(《印象·日出》)。他最重要的风格是改变了阴影和轮廓线的画法，光和影的色彩描绘是莫奈绘画的最大特色。

代表作:《印象·日出》《干草堆》等

约翰·辛格·萨金特

John Singer Sargent, 1856 — 1925

美国艺术家，因为描绘了爱德华时代的奢华，所以是“当时的领军肖像画家”。一生中创作了900幅油画，2000多幅水彩画，以及无数幅素描画、炭笔画。他的画作描绘了他游历世界各地时的所见见闻。

代表作:《洛克农的阿格纽爵士夫人》《石竹、百合、百合、玫瑰》《里布尔斯代尔勋爵》等

阿尔弗莱德·西斯莱

Alfred Sisley, 1839 — 1899

法国画家，主要画风景画，他和莫奈一起，是纯正印象派的真正代表。

代表作为《莫雷的划船比赛》《圣马尔丁运河》《马尔港的洪水》《秋天》等

古斯塔夫·克里姆特

Gustav Klimt，1862 — 1918

奥地利知名象征主义画家，创办了维也纳分离派，是维也纳文化圈代表人物。克里姆特画作的特色在于特殊的象征式装饰花纹，主题常围绕着“性”“爱”“生”与“死”的轮回，且画中主角大多为女人。以沉闷美感与大胆象征寓意，赢得广泛的称赞。

代表作:《金鱼》《女人的三个阶段》等

希尔玛·克林特

Hilma af Klint，1862—1944

瑞典艺术家、神秘主义者，最早的抽象艺术家之一。她的画有时类似于图表，是复杂精神思想的视觉表现。

代表作:《进化》《原始混沌》等

阿曼迪奥·莫迪里阿尼

Amedeo Modigliani，1884 — 1920

意大利画家、雕刻家，善于运用后印象主义对绘画空间的限定和立体主义对色彩的限制，人物与内部空间一体化，形成一种线条图案或雕塑式的分枝。

代表作有:《斜躺的裸妇》《穿黄毛衣的珍妮》《夫妇》等

费利切·卡索拉蒂

Felice Casorati，1883 — 1963

意大利画家、雕刻家、版画家，现代主义和表现主义大师。他最著名的绘画作品包括人物构图、肖像画和静物画，这些作品通常以不寻常的透视效果而著称。

代表作:《席尔瓦娜·切尼》等

安东涅塔·布兰德斯

Antonietta Brandeis，1848 — 1910

捷克画家，善于创作风景、风俗以及宗教题材的作品。

代表作:《威尼斯广场》《威尼斯里阿尔托桥》《圣马可大教堂的洗礼池》

爱德华·维亚尔

Edouard Vuillard 1868 — 1940

法国画家、图形艺术家，内景主义画派领袖之一。善于运用印象派技法来描绘亲戚朋友在室内、巴黎花园里和街道上的日常生活。

代表作:《艺术家的母亲和妹妹》《花园聚餐》《画家凯尔·泽维尔·罗塞尔和他的女儿》等

翁贝托·薄邱尼

Umberto Boccioni，1882 — 1916

意大利的画家、雕塑家以及未来主义提倡者。作品受到印象派及后印象派技法的影响，和立体派的启发，在艺术理念上崇尚未来主义的风格。

代表作:《城市的兴起》《长矛骑士的冲锋》《裸体的动态》等

文森特·威廉·凡·高

Vincent Willem van Gogh，1853 — 1890

荷兰后印象派画家，19世纪最伟大的画家之一。其风格极大影响了野兽派与德国表现主义。

代表作:《星夜》《向日葵》《麦田乌鸦》等

古斯塔夫·卡耶博特

Gustave Caillebotte，1848 — 1894

法国印象派画家。他在作品中描绘了许多从室内窗边眺望窗外或巴黎街景的人物，把大自然中明丽的光感和丰富的色彩刻画出来，呈现给观者美轮美奂的光色之妙。

代表作:《室内》《阿让特的帆船》《下雨的巴黎街道》《奥曼斯大道上的交通岛》等

埃德加·德加

E.Degas 1834 — 1917

法国印象派画家、雕塑家。绘画题材包括芭蕾舞演员和其他女性、以及赛马，作品更具古典、现实主义或者浪漫主义画派风格。

代表作:《舞蹈课》《新奥尔良棉花办公室》《贝利尼一家》等

华金·索罗拉

Joaquín Sorolla，1863 — 1923

19世纪末西班牙著名的印象派画家。是世界上出产作品最丰富的西班牙画家之一，目前世界各地收藏在册共有2200余幅。善于人物和风景，也创作以历史为题材的大型油画，能十分敏捷准确地捉捕人物的神情，他的大部分作品收藏在马德里塞罗拉博物馆(即他的旧居)。

代表作:《在花园里午睡》《游泳的季节》《农场上的玛利亚》

康斯坦丁·由安

Konstantin Yuon，1875 — 1958

俄罗斯印象派画家，尤擅长风景画创作。

代表作:《从沃罗比约夫山看莫斯科》等

菲利克斯·瓦洛东

Felix Vallotton，1865 — 1925

瑞士画家，欧洲现代木刻版画先驱。1882年前往巴黎学习艺术，而后成为法国纳比派画家代表人物之一。善于运用浓烈厚重的颜色和细如刀割的笔触刻画笔下的人物。

代表作:《普利港》《日落时分》

劳尔·杜菲

Raoul Dufy,1877 — 1953

法国画家，早期作品先后受印象派和立体派影响，终以野兽派的作品著名。其作品色彩艳丽，装饰性强。他的作品除了绘画，还在挂毯、壁画、纺织品和陶瓷设计中被广泛采用。

代表作:《挂着旗子的街道，勒阿弗尔》等

路易斯·华塔特

Louis Valtat，1869 — 1952

法国画家，野兽派先驱，是从传统印象派向现代艺术转变的、承前启后的过渡性人物。笔调沉稳、优雅、含蓄，兼长诸家。

代表作:《三个少女》等

奥古斯特·雷诺阿

Auguste Renoir，1841 — 1919

法国印象派画师。其画作色彩鲜亮明快，多以女性、儿童为描绘对象。

代表作:《红磨坊的露天舞会》《船上的午宴》等

凯斯·凡·东根

Kees van Dongen，1877 — 1968

荷兰画家，是马蒂斯之后野兽主义理论的中坚和领导者。笔法简练、强劲、准确，以多变的长线条，强烈而率直的色彩，浓郁感人的艺术手法震撼人心。

代表作:《莫德赫斯科引吭歌唱》《蓝眼睛的女人》等

威拉德·梅特卡夫

Willard Metcalf，1858 — 1925

美国印象派画家，作品以户外写生风景为主，色彩光鲜明亮。

代表作:《冰封》《九月，山坡牧场》

亨利·罗特列克

Henri de Toulouse-Lautrec 1864 — 1901

法国贵族家庭出身、后印象派画家、近代海报设计与石版画艺术先驱，为人称作"蒙马特尔之魂"。承袭印象派画家莫奈、毕沙罗等人画风，以及日本浮世绘之影响，开拓出新的绘画写实技巧。

代表作:《红磨坊舞会》《洗衣女》等

费德里科·萨多梅内加

Federico Zandomeneghi，1841 — 1917

意大利印象派画家，绘画题材多取景于日常，他笔下的年轻女性形象或活泼灵动，或优雅端庄，色彩鲜活，有艺术感染力。

代表作:《年轻女孩》《咖啡馆》《煎饼磨坊》等

乔瓦尼·波尔蒂尼

Giovanni Boldini，1842 — 1931

意大利现实主义、印象派艺术家，擅长创作人物肖像画。被称为“艺术之父”，以线条大师著称，线条流畅，善于把先锋派的技法与传统的学院派的画风结合起来。

代表作:《穿玫瑰色礼服的女子》《身穿黄衣的女士》等

莱昂内尔·法宁格

Lyonel Feininger，1871 — 1956

美国出生的德国立体主义、表现主义画家。其艺术作品展现出比重、透明度与宁静的平衡与和谐。

代表作:《白人》《巴黎附近的乡村》等

凡妮莎·贝尔

Vanessa Bell，1879 — 1961

英国后印象派画家、室内设计师，布鲁姆斯伯里团体成员，英国作家弗吉尼亚·伍尔夫的姐姐。作品多描绘花卉，静物，家人和爱人肖像，室内装饰等安静琐碎的日常生活细节，暗沉的暖色调中粗犷大胆的笔触和色块，仿佛是沉默生活里无声的破音尖叫。

代表作:《俱乐部回忆录》《东萨塞克斯郡查尔斯顿》等

雷尼·马格利特

Rene Magritte，1898 — 1967

比利时超现实主义画家。他对波普艺术的影响十分重大，作品色彩强烈，营造一种安静，近似恍惚的气氛。

代表作:《戴圆顶硬礼帽的男子》《夜的意味》《袭击》《白纸委任状》等

埃贡·席勒

Egon Schiele，1890 — 1918

奥地利绘画巨子，师承古斯塔夫·克里姆特，维也纳分离派重要代表，是20世纪初期一位重要的表现主义画家。席勒作品特色是表现力强烈，描绘扭曲的人物和肢体，，对比强烈的色彩营造出的诡异而激烈的画面令人震撼。

代表作:《斜卧的女人》《死神和少女（漂浮者）》《干洗房》

卡尔·摩尔

Carl Moll，1861 — 1945

奥地利画家，19世纪末维也纳分离派的创始人之一。他以擅长在画作底层使用点彩技巧而著称。

代表作:《书房自画像》等

玛丽·卡萨特

Mary Cassatt，1844-1926

美国画家和图形艺术家。唯一一个被法国印象派画家邀请参加作品展的美国人。作品以强烈的设计感、卓越的素描能力和明亮的色彩为特点，大多数油画、彩色蜡笔画和版画的主题都是母亲和孩子。

代表作:《浴室》《女人》《驾车的孩子》

莱昂·斯皮利亚尔

Leon Spilliaert，1881 — 1946

比利时天才画家，作品几乎都是纸上创作，运用水彩、水粉、铅笔、蜡笔、钢笔和墨水等展现一览无余的室内场景与户外景色，有幽暗的房间，也有无处遮蔽的海边。他的创作展现出象征主义的理念：对于事物的神秘性保持静默的关注。

代表作:《夜晚》《海岸线上的女人》《温室》等

译者 | 谈瀛洲

本名谈峥，译者、学者、作家。现任复旦大学外文学院教授、博士生导师。曾任复旦大学外国文学研究所所长，中澳创意写作中心主任。主要学术研究方向为莎士比亚和文艺复兴研究、王尔德和唯美主义研究。

译作	《夜莺与玫瑰——王尔德童话》，2015 《后现代性与公正游戏》（利奥塔），1997
长篇小说	《灵魂的两驾马车》，2015
散文集	《人间花事》，2018
学术专著	《莎评简史》，2005
学术散文集	《诗意的微醺》，1999 《那充满魅惑力的舞蹈》，2005 《语言本源的守卫者》，2011
历史剧	《王莽》《秦始皇》《梁武帝》等

策　　划 ｜ 大星

出　　品 ｜

出 品 人 ｜ 吴怀尧　周公度

邵　飞　胡云剑

版权所有 ｜ 大星文化

产品经理 ｜ 李　谨

美术编辑 ｜ 李孝红

封面设计 ｜ 大星文化

封面绘图 ｜ ［越南］Dusse Bui

封面制作 ｜ 马文静

产品监制 ｜ 陈　俊

投稿邮箱 ｜ dxwh@vip.126.com

渠道合作 ｜ 021-60839180

官方微博 ｜ @大星文化　@中国作家富豪榜

作家榜官方网站 ｜ www.zuojiabang.cn

作家榜官方微博 ｜ @中国作家富豪榜（每天都在免费送经典好书）

作家榜官方微博
经典好书免费送

图书在版编目（CIP）数据

培根随笔全集 / (英) 弗朗西斯·培根著；谈瀛洲译. -- 杭州：浙江文艺出版社, 2020.10
（作家榜经典名著）
ISBN 978-7-5339-6206-7

Ⅰ. ①培… Ⅱ. ①弗… ②谈… Ⅲ. ①随笔—作品集—英国—中世纪 Ⅳ. ①I561.63

中国版本图书馆CIP数据核字(2020)第158115号

责任编辑：张小苹
文字编辑：王　挺

培根随笔全集

[英] 弗朗西斯·培根 著　谈瀛洲 译

全案策划
大星（上海）文化传媒有限公司

出版发行
浙江文艺出版社 [www.zjwycbs.cn]
杭州市体育场路347号　邮编 310006
浙江省新华书店集团有限公司 经销
浙江新华数码印务有限公司 印刷

2020年10月第1版　2020年10月第1次印刷
889毫米 × 1194毫米　32开本　12.75印张
印数：1-12000　字数：238千字
书号：ISBN 978-7-5339-6206-7
定价：56.00元